平常心

观自在

林清玄——著

长江出版传媒

长江文艺出版社

新出图证（鄂）字 03 号

图书在版编目（CIP）数据

平常心，观自在 / 林清玄著. — 武汉：长江文艺出版社，2017.8（2019.1重印）

ISBN 978-7-5354-9806-9

Ⅰ.①平⋯ Ⅱ.①林⋯ Ⅲ.①散文集–中国–当代 Ⅳ.①I267

中国版本图书馆 CIP 数据核字（2017）第139516号

著作权合同登记号 图字：17-2016-363

本著作权物经北京夏和璟天文化传播有限公司代理，由九歌出版社有限公司授权，在中国大陆出版、发行中文简体字版本。

策　　划：胡　家　徐小凤　　　　责任编辑：吴　双　胡　家
封面设计：吉冈雄太郎　　　　　　　责任校对：韩　雨　戴文慧
责任印制：张　涛

出版：长江出版传媒 | 长江文艺出版社
地址：武汉市雄楚大街 268 号　　　　邮编：430070
发行：长江文艺出版社
　　　北京时代华语国际传媒股份有限公司　　（电话：010-83670231）
http://www.cjlap.com
印刷：北京盛通印刷股份有限公司

开本：690毫米 ×980毫米　1/16　　　印张：16
版次：2017年 8月第1版　　　　　　　2019 年1月第 8 次印刷
字数：175千字

定价：42.00 元

Part 1
万物有灵

一些小小泡在茶里的松子，一粒停泊在温柔海边的细沙，一声在夏夜里传来的微弱虫声，一点斜在遥远天际的星光……它全是无言的，但随着灵思的流转，就有了炫目的光彩。

Part2
初心不改

很少有人能回观自我，品赏自己心灵的梅香，大部分人空过了一生，也没有体会到隐藏在心灵内部极幽微，但极清澈的自性的芳香。

Part 3
随适而安

第一流的人物，不在于拥有多少物，拥有多少情，而在于能不能在旧物里找到新的启示，能不能在旧情里找到新的智慧，进出无碍。

Part 4
活出自己

人的伟大与否，和职业、地位，乃至身体的残缺都没有必然关系，就在我们生活四周，有许多卑微的小人物，他们也像路灯一样放射光明，教育我们，使我们能坦然走向一个有更高超志节的世界。

Part 5
离苦得乐

我们的船还要前航，扯起逆风的帆，在山水之间听听杜鹃鸟伤心的啼声，听久了，那啼声不觉也有超越的飞扬的尾音。

Part 6
无宠不惊

使生命感受到丰盈的，不是欲望的扩张，而是心灵深处的触动；使生命焕发价值的，不是拥有多少财富，而是开发了多深的智慧；使人生充满意义的，不是对某一个目标的奔赴，而是每一步都得到心安与落实。

Part 1
万物有灵

一些小小泡在茶里的松子，一粒停泊在温柔海边的细沙，一声在夏夜里传来的微弱虫声，
一点斜在遥远天际的星光……它全是无言的，但随着灵思的流转，就有了炫目的光彩。

灵魂是一面随风招展的旗子，人永远不要忽
视身边事物，因为它也许正可以飘动你心中
的那面旗，即使是小如松子。

松子茶

  朋友从韩国来，送我一大包生松子，我还是第一次看到生的松子，晶莹细白，颇能想起"空山松子落，幽人应未眠"那样的情怀。

  松子给人的联想自然有一种高远的境界，但是经过人工采撷、制造过的松子是用来吃的，怎么样来吃这些松子呢？我想起饭馆里面有一道炒松子，便征询朋友的意见，要把那包松子下油锅了。

  朋友一听，大惊失色："松子怎么能用油炒呢？"

  "在台湾，我们都是这样吃松子的。"我说。

  "罪过，罪过，这包松子看起来虽然不多，你想它是多少棵松树经过冬雪的锻炼才能长出来的呢？用油一炒，不但松子味尽失，而且也损伤了我们吃这种天地精华的原意了。何况，松子虽然淡雅，仍然是油性的，必须用淡雅的吃法才能品出它的真味。""那么，松子应该怎么吃呢？"我疑惑地问。"即使在生产松子的韩国，松子仍然被看作珍贵的食品，松子最好的吃法是泡茶。"

"泡茶？"

"你烹茶的时候，加几粒松子在里面，松子会浮出淡淡的油脂，并生松香，使一壶茶顿时津香润滑，有高山流水之气。"

当夜，我们便就着月光，在屋内喝松子茶，果如朋友所说的，极平凡的茶加了一些松子就不凡起来了。那种感觉就像是在遍地的绿草中突然开起优雅的小花，并且闻到那花的香气，我觉得，以松子烹茶，是最不辜负这些生长在高山上历经冰雪的松子了。

"松子是小得不能再小的东西，但是有时候，极微小的东西也可以做情绪的大主宰，诗人在月夜的空山听到微不可辨的松子落声，会想起远方未眠的朋友，我们对月喝松子茶也可以说是独尝异味，尘俗为之解脱，我们一向在快乐的时候觉得日子太短，在忧烦的时候又觉得日子过得太长，完全是因为我们不能把握像松子一样存在我们生活四周的小东西。"朋友说。

朋友的话十分有理，使我想起人自命是世界的主宰，但是人并非这个世界唯一的主人。就以经常遗照的日月来说，太阳给了万物的生机和力量，并不单给人们照耀；而在月光温柔的怀抱里，虫鸟鸣唱，不让人在月下独享，即使是一粒小小松子，也是吸取了日月精华而生，我们虽然能将它烹茶，下锅，但不表示我们比松子高贵。

佛眼和尚在禅宗的公案里，留下两句名言：

水自竹边流出冷，风从花里过来香。

水和竹原是不相干的，可是因为水从竹子边流出来就显得格外清冷；花是香的，但花的香如果没有风从中穿过，就永远不能为人体知。可见，纵是简单的万物也要通过配合才生出不同的意义，何况是人和松子？

我觉得，人一切的心灵活动都是抽象的，这种抽象宜于联想：得到人世一切物质的富人如果不能联想，他还是觉得不足；倘若是一个贫苦的人有了抽象联想，也可以过得幸福。这完全是境界的差别，禅宗五祖曾经问过："风吹幡动，是风动？还是幡动？"六祖慧能的答案可以作为一个例证："不是风动，不是幡动，是仁者心动。"

仁者，人也。在人心所动的一刻，看见的万物都是动的，人若呆滞，风动幡动都会视而不能见。怪不得有人在荒原里行走时会想起生活的悲境大叹："只道那情爱之深无边无际，未料这离别之苦苦比天高。"而心中有山河大地的人却能说出"长亭凉夜月，多为客铺舒"，感怀出"睡时用明霞作被，醒来以月儿点灯"等引人遐思的境界。

一些小小泡在茶里的松子，一粒停泊在温柔海边的细沙，一声在夏夜里传来的微弱虫声，一点斜在遥远天际的星光……它全是无言的，但随着灵思的流转，就有了炫目的光彩。记得沈从文这样说过："凡是美的都没有家，流星，落花，萤火，最会鸣叫的蓝头红嘴绿翅膀的王母鸟，也都没有家的。谁见过人蓄养凤凰呢？谁能束缚着月光呢？一颗流星自有它来去的方向，我有我的去处。"

灵魂是一面随风招展的旗子，人永远不要忽视身边事物，因为它也许正可以飘动你心中的那面旗，即使是小如松子。

找到自己心中的那一池荷花，比会欣赏外面的荷花重要得多。

荷花之心

　　偶尔会到植物园看荷花，如果是白天，赏荷的人总是把荷花池围得非常拥挤，生怕荷花立即就要谢去。

　　还有一些人到荷花池畔写生，有的用画笔，有的用相机，希望能找到自己心目中最美丽的一角，留下不会磨灭的影像，在荷花谢去之后，回忆池畔夏日。

　　有一次遇见一群摄影爱好者，到了荷花池畔，训话一番，就地解散，然后我看见了胸前都背着几部相机的摄影爱好者，如着魔一般对准池中的荷花猛按快门，偶尔传来一声吆喝，原来有一位摄影者发现一个好的角度，呼唤同伴来观看。霎时，十几个人全集中在那个角度，大雷雨一样地按下快门。

约莫半小时的时间，领队吹了一声哨子，摄影者才纷纷收起相机集合，每个人都对刚刚的荷花摄影感到满意，脸上挂着微笑，移动到他们的下一站，再用镜头去侵蚀风景。

这时我吃惊地发现，池中的荷花如同经历一场噩梦，从噩梦中活转过来。就在刚刚被吵闹俗恶的摄影之时，荷花垂头低眉沉默不语地抗议，当摄影者离开后，荷花抬起头来，互相对话——谁说植物是无知无感的呢？如果我们能以微细的心去体会，就会知道植物的欢喜或忧伤真是这样的，白天人多的时候，我感觉到荷花的生命之美受到了抑制，噪乱的人声使它们沉默了。一到夜晚，尤其是深夜，大部分人都走光，只留下三两对情侣，这时独自静静坐在荷花池畔，就能听见众荷花从沉寂的夜中喧哗起来，使无人的荷花池，比有人的荷花池还要热闹。

尤其是几处开着睡莲的地方，白日舒放的花颜，因为游客的吵闹累着了，纷纷闭上眼睛，轻轻睡去。睡着的睡莲比未睡的仿佛还要安静，包含着一些没有人理解的寂寞。

在睡莲池边、在荷花池畔，不论白日黑夜都有情侣谈心，他们以赏荷为名来互相欣赏对方心里的荷花开放。我看见了，情侣自己的心里就开着一个荷花池，在温柔时沉静，在激情时喧哗；至始知道，荷花开在池中，也开在心里。如果看见情侣在池畔争吵，就让人感觉他们的荷花已经开到秋天，即将留得残荷听雨声了。

夏天荷花盛开时，是美的。荷花未开时，何尝不美呢？所有的荷叶还带嫩稚的青春。秋季的荷花，在落雨的风中，回忆自己一季的辉煌，也有沉静之美。到冬天的时候已经没有荷花，仍然看得见美，冬天的冷肃让我们有期待的心，期待使我们处在空茫中也能见到未来之美。

一切都美，多好！

最真实的是，不管如何开谢，我们总知道开谢的是同一池荷。

看荷花开谢、看荷畔的人，我总会想起禅宗的一则公案，有一位禅者来问智门禅师："莲花未出水时如何？"智门说："莲花。"

禅者又问："出水后如何？"

智门说："荷叶。"

——如果找到荷花真实的心，荷花开不开又有什么要紧？我们找到自己心中的那一池荷花，比会欣赏外面的荷花重要得多。

在无风的午后，在落霞的黄昏，在云深不知处，在树密波澄的林间，乃至在十字街头的破布鞋里，我们都可以找到荷花之心。同样的，如果我们无知，即使终日赏荷，也会失去荷花之心。

这就是当我们能反观到明净的自性，就能"竹密无妨水过，山高不碍云飞"，就能在山高的林间，听微风吹动幽微的松树，远听、近闻，都是那样的好！

一个人如果愿意时常保有寻觅美好感觉的心，那么在事物的变迁之中，不论是生机盎然或枯落沉寂都可以看见美，那美的原不在事物，而在心灵、感觉，乃至眼睛。

海边的白蝴蝶

　　我和两个朋友一起去海边拍照、写生，朋友中一位是摄影家，一位是画家，他们同时为海边的荒村、废船、枯枝的美惊叹而感动了，白净绵长的沙滩反而被忽视，我看到他们拿出相机和素描簿，坐在废船头工作，那样深情而专注，我想到，通常我们都为有生机的事物感到美好，眼前的事物生机早已断丧，为什么还会觉得美呢？恐怕我们感受到的是时间，以及无常、孤寂的美吧！

　　然后，我得到一个结论：一个人如果愿意时常保有寻觅美好感觉的心，那么在事物的变迁之中，不论是生机盎然或枯落沉寂都可以看见美，那美的原不在事物，而在心灵、感觉，乃至眼睛。

　　正在思维的时候，摄影家惊呼起来："呀！蝴蝶！一群白蝴蝶。"他一边叫着，一边立刻跳起来，往海岸奔去。

往他奔跑的方向看去，果然有七八只白影在沙滩上追逐，这也使我感到诧异，海边哪来的蝴蝶呢？既没有植物，也没有花，风势又如此狂乱。但那些白蝴蝶上下翻转地飞舞，确实是非常美的，怪不得摄影家跑那么快，如果能拍到一张白蝴蝶在海浪上飞的照片，就不枉此行了。

我看到摄影家站在白蝴蝶边凝视，并未举起相机，他扑上去抓住其中的一只，那些画面仿佛是默片里，无声、慢动作的剪影。

接着，摄影家用慢动作走回来了，海边的白蝴蝶还在他的后面飞。

"拍到了没？"我问他。

他颓然地张开右手，是他刚刚抓到的蝴蝶。我们三人同时大笑起来，原来他抓到的不是白蝴蝶，而是一片白色的纸片。纸片原是沙滩上的垃圾，被海风吹舞，远远看，就像一群白蝴蝶在海面飞。

真相往往是这样无情的。

我对摄影家说："你如果不跑过去看，到现在我们都还以为是白蝴蝶呢！"

确实，在视觉上，垃圾纸片与白蝴蝶是一模一样，无法分辨的，我们的美的感应，与其说来自视觉，还不如说来自想象，当我们看到"白蝴蝶在海上飞"和"垃圾纸在海上飞"，不论画面或视觉是等同的，差异的是我们的想象。

这更使我想到感官的感受原是非实的，我们许多时候是受着感官的蒙骗。

其实在生活里，把纸片看成白蝴蝶也是常有的事呀！

结婚前，女朋友都是白蝴蝶，结婚后，发现不过是一张纸片。

好朋友原来都是白蝴蝶，在断交反目时，才看清是纸片。

未写完的诗、没有结局的恋情、被惊醒的梦、在对山看不清楚的庄园、缘尽情未了的故事，都是在生命大海边飞舞的"白蝴蝶"，不一定要快步跑去看清。只要表达了，有结局了，不再流动思慕了，那时便立刻停格，成为纸片。

我回到家里，坐在书房远望着北海的方向，想想，就在今天的午后，我还坐在北海的海岸吹海风，看到白色的蝴蝶——喔，不！白色的纸片——随风飞舞，现在，这些好像真实经历过的，都随风成为幻影。或者，会在某一个梦里飞来，或者，在某一个海边，在某一世，也会有蝴蝶的感觉。

唉唉！一只真的白蝴蝶，现在就在我种的一盆紫茉莉上吸花蜜哩！你信不信？

你信！恭喜你，你是有美感的人，在人生的大海边，你会时常看见白蝴蝶飞进飞出。

你不信？也恭喜你，你是重实际的人，在人生的大海边，你会时常快步疾行，去找到纸片与蝴蝶的真相。

生命中虽有许多苦难，我们也要学会好好活在眼前，止息热恼的心，不做无谓的心灵投射。

夏日小春

山樱桃

夏日虽然闷热，在温差较大的南台湾，凉爽的早晨、有风的黄昏、宁静的深夜，感觉就像是小小的春天。

清晨的时候沿山径散步，看到经过一夜清凉的睡眠、又被露珠做了晨浴的各种小花都醒过来微笑，感觉到那很像自己清晨无忧恼的心情。偶尔看见变种的野茉莉和山牵牛开出几株彩色的花，竟仿佛自己的胸腔被写满诗句，随呼吸在草地上落了一地。

黄昏时分，我常带孩子去摘果子，在古山顶有一种叫作"山樱桃"的树，春天开满白花，夏日结满红艳的果子，大小与颜色都与樱桃一般，滋味如蜜还胜过樱桃。

这些山樱桃树在古山顶从日据时代就有了，我们不知道它的中文名字，甚至没有闽南语，从小，我们都叫它莎古蓝波（Sa Ku Lan Bo），是我从小最爱吃的野果子，它在甜蜜中还有微微的芳香，相信是做果酱极好的材料。虽然盛产山樱桃时，每隔三天就可以采到一篮，但我从未做过果酱，因为"生吃都不够，哪有可以晒干的"。

当我在黄昏对几个孩子说"我们去采莎古蓝波"的时候，大家都立刻感受着一种欢愉的情绪，好像莎古蓝波这个名字的节奏有什么魔法一样。

我们边游戏边采食山樱桃，吃到都不想吃的时候，就把新采的山樱桃放在胭脂树或姑婆芋的叶子里包回家，打开来请妈妈吃，她看到绿叶里有嫩黄、粉红、橙红、艳红的山樱桃果子，欢喜地说："真是美得不知道怎么来吃呢。"

她总是浅尝几粒，就拿去冰镇。

夜里天气凉下来了，我们全家人就吃着冰镇的山樱桃，每一口都十分甜蜜，电视里还在演《戏说乾隆》，哥哥的小孩突然开口："就是皇帝也吃不到这么好的莎古蓝波呀。"

大家都笑了，我想，很单纯，也可以有很深刻的幸福。

青莲雾

很单纯，也可以有很深刻的幸福，当我们去采青莲雾的小路上，想到童年吃青莲雾的滋味，我就有这样的心情。

青莲雾种在小镇中学的围墙旁边，这莲雾的品种相信已经快灭绝了，当我听说中学附近有青莲雾没人要吃，落了满地的时候，就兴冲冲带三个孩子，穿过蕉园小径到中学去。

果然，整个围墙外面落了满地的青莲雾，莲雾树种在校园内，校门因为暑假被锁住了。

我们敲半天门，一个老工友来开门，问我们："来干什么？"

我说："我们想来采青莲雾，不知道可不可以？"

他露出一种兴奋的、难以置信的表情打量我们，然后开怀地笑说："行呀，行呀。"他告诉我，这一整排青莲雾，因为滋味酸涩，连中学生都没有一点采摘的兴趣，他说："回去，用一点盐、一点糖腌渍起来，是很好吃的。"

我们爬上莲雾树，老校工在树下比我们兴奋，一直说："这边比较多。""那里有几个好大。"看他兴奋的样子，我想大概有好多年，没有人来采这些莲雾了。

采了大约二十斤的莲雾，回家还是黄昏，沿路咀嚼青莲雾，虽然酸涩，却有很强烈的莲雾特有的香气，想起我读小学时曾为了采青莲雾，从两层楼高的树上跌下来，那时觉得青莲雾又甜又香，真是好吃。

经过三十年的改良，我们吃的莲雾，从青莲雾到红莲雾，再到黑珍珠，甜度不高的青莲雾就被淘汰了。

为什么我也觉得青莲雾没有以前的好吃呢？原因可能是嘴刁了，水果被不断改良的结果，使我们的野心欲望增强，不能习惯原始的水果（土生的芭乐、杜果、阳桃、桃李不都是相同的命运吗？）另一个原因是在记忆河流的彼端，经过美化，连从前的酸莲雾也变甜了。

家里的人也都不喜吃青莲雾，我想了一个方法，把它放在果汁机打成莲雾汁，加很多很多糖，直到酸涩完全隐没为止。

青莲雾汁是翠玉的颜色，我也是第一次喝到，加糖、冰镇，在汗流浃背的夏日，喝到的人都说："真好喝呀，再来一杯。"

夜里，我站在屋檐下乘凉，想到童年、青少年时代，其实有许多事都像青莲雾一样的酸涩，只是面目逐渐模糊，像被打成果汁，因为不断地加糖，那酸涩隐去，然后我们喝的时刻就自言自语地说："真好喝呀，再来一杯。"

只是偶尔思及心灵深处那最创痛的部分，有如被人以刀刺入内心，疤痕鲜明如昔，心痛也那么清晰，"或者，可能，我加的糖还不够多吧。下次再多加一匙，看看怎么样？"我这样想。

回忆虽然可以加糖，感受的颜色却不改变，记忆的实相也不会翻转。

就像涉水过河的人，在到达彼岸的时候，此岸的经历与河面的汹涌仍然是历历在心头。

野木瓜

姊姊每天回家的时候，都会顺手带几个木瓜来。

原因是她住处附近正好有亲戚的木瓜田，大部分已经熟透在树上，落了满地，她路过时觉得可惜，每次总是摘几个。

"为什么他们都不肯摘呢？"我问。

"因为连请人采收都不够工钱，只好让它烂掉了。"

"木瓜不是一斤二十五块吗？台北有时卖到三十块。"我说。

在一旁的哥哥说："那是卖到台北的价钱，在产地卖给收购的人，一斤三五块就不错了。"哥哥在乡下职校教书，白天教的学生都是农民子弟，夜里教的是农民，对农业有很独到的了解。

"正好今天我的一位同事问我：'你认为世界上最可怜的人是什么人？'我毫不考虑地说：'是农人。'"

"农人为什么最可怜呢？"哥哥继续发表高见，"因为农作物最好的时候，他们赚的不过是多一两块，农作物最差的时候，却凄惨落魄，有时不但赚不到一毛钱，还会赔得倾家荡产。农会呢？大卖小卖的商人呢？好的时候赚死了，坏的时候双脚缩起来，一毛钱也赚不到。"

问哥哥"世界上最可怜的人是什么人"的那位先生正好是老师兼农民，今年种三甲地^①的杜果，采收以后结算一共赚了三千元，一甲地才赚一千，他为此而到处诉苦。

哥哥说："一甲地赚一千已经不错，在台湾做农民如果不赔钱，就应该谢天谢地拜祖先了呀。"

不采摘的木瓜很快就会腐烂，多么可惜。也是黄昏时分，我带孩子去采木瓜，想把最熟的做木瓜牛奶，正好熟的切片，青木瓜拿来泡茶。

采木瓜给我带来矛盾的心情，当青菜水果很便宜，多到没人要的时候，

---

① 台湾计算田地面积的单位，1甲约为9699平方公尺，三甲地约为2.9097公顷。

我们虽然用很少的钱可以买很多，往往这时候，也表示我们的农民处在生活黑暗的深渊，使生长在农家的我，忍不住有一种悲情。

正这样想着，孩子突然对我说："爸爸，你觉不觉得住在旗山很好？"

"怎么说？"

"因为像木瓜、杧果、莲雾、山樱桃都是免费的呀。"孩子的这句话有如撞钟，使我的心嗡嗡作响。

夜里，把青木瓜头切开，去籽，塞进上好的冻顶乌龙茶，冲了茶，倒出来，乌龙茶中有木瓜的甜味与芳香，这是在乡下新学会的泡茶法，听说可以治百病，百病不知能不能治，但今天黄昏时的热恼倒是治好了。

生命中虽有许多苦难，我们也要学会好好活在眼前，止息热恼的心，不做无谓的心灵投射，喝木瓜茶，我觉得茶也很好，木瓜也很好。

燠热的夏日其实也很好，每一朵紫茉莉开放时，都有夏天夕阳的芳香。

我们可以意不在草木，但草木正可以寄意；我们不要叹草木无情，因草木正能反映真性。

有情生

我很喜欢英国诗人布雷克的一首短诗：

被猎的兔每一声叫，

就撕掉脑里的一根神经；

云雀被伤在翅膀上，

一个天使止住了歌唱。

因为在短短的四句诗里，他表达了一个诗人悲天悯人的胸怀，看到被猎的兔子和受伤的云雀，诗人的心情化作兔子和云雀，然后为人生写下了警语。这首诗可以说暗暗冥合了中国佛家的思想。

在我们眼见的四周生命里，是不是真是有情的呢？中国佛家所说的"仁人爱物"，是不是说明着物与人一样的有情呢？

　　每次我看到林中歌唱的小鸟，总为它们的快乐感动；看到天际结成"人"字、一路南飞的北雁，总为它们的互助相持感动；看到喂饲着乳鸽的母鸽，总为它们的亲情感动；看到微雨里比翼双飞的燕子，总为它们的情爱感动。这些长着翅膀的飞禽，处处都显露了天真的情感，更不要说在地上体躯庞大、头脑发达的走兽了。

　　甚至，在我们身边的植物，有时也表达着一种微妙的情感，或者更确切地说是机缘和生命力。只要我们仔细观察那些在阳光雨露中快乐展开叶子的植物，感觉高大树木的精神和呼吸，体会那正含苞待开的花朵，还有在原野里随风摇动的小草，都可以让人真心地感到动容。

　　有时候，我又觉得怀疑，这些简单的植物可能并不真的有情，它的情是因为和人的思想联系着的。就像佛家所说的"从缘悟达"；禅宗里留下许多这样的见解，有的看到翠竹悟道，有的看到黄花悟道，有的看到夜里大风吹折松树悟道，有的看到牧牛吃草悟道，有的看到洞中大蛇吞食蛤蟆悟道，都是因无情物而观见了有情生。世尊释迦牟尼也因夜观明星悟道，留下"因星悟道，悟罢非星，不逐于物，不是无情"的精语。

　　我们对所有无情之物表达的情感也应该作如是观。吕洞宾有两句诗："一粒粟中藏世界，半升铛内煮山川"，原是把世界山川放在个人的有情观照里，就是性情所至，花草也为之含情脉脉的意思。正是有许多草木原是无心无情，若要能触动人的灵机则颇有余味。

　　我们可以意不在草木，但草木正可以寄意；我们不要叹草木无情，因草木正能反映真性。在有情者的眼中，蓝田能日暖，良玉可生烟；朔风可以动秋草，边马也有归心；蝉噪之中林愈静，鸟鸣声里山更幽；甚至感时的花会溅泪，恨别的鸟也惊心……何况是见一草一木于性情之中呢？

常春藤

在我家巷口有一间小的木板房屋，居住着一个卖牛肉面的老人。那间木板屋可能是一座违章建筑，由于年久失修，整座木屋往南方倾斜成一个夹角，木屋处在两座大楼之间，越发破败老旧，仿佛随时随地都要倾颓散成一片片木板。

任何人路过那座木屋，都不会有心情去正视一眼，除非看到老人推着面摊出来，才知道那里原来还有人居住。

但是在那断板残瓦南边斜角的地方，却默默地生长着一株常春藤，那是我见过最美的一株。许是长久长在阴凉潮湿肥沃的土地上，常春藤简直是毫无忌惮地怒放着，它的叶片长到像荷叶一般大小，全株是透明翡翠的绿，那种绿就像朝霞照耀着远远群山的颜色。

沿着木板壁的夹角，常春藤几乎把半面墙长满了，每一株绿色的枝条因为被夹壁压着，全往后仰视，好像往天空伸出了一排厚大的手掌；除了往墙上长，它还在地面四周延伸，盖满了整个地面，近看有点像还没有开花的荷花池了。

我的家里虽然种植了许多观叶植物，我却独独偏爱木板屋后面的那片常春藤。无事的黄昏，我在附近散步，总要转折到巷口去看那棵常春藤，有时看得发痴，隔不了几天去看，就发现它完全长成不同的姿势，每个姿势都美到极点。

有几次是清晨，叶片上的露珠未干，一颗颗滚圆的随风在叶上转来转去，我再仔细地看它的叶子，每一片叶都是完整饱满的，丝毫没有一丝残缺，而且没有一点尘迹；可能正因为它长在夹角，连灰尘都不能至，更不要说小猫小狗了。我爱极了长在巷口的常春藤，总想移植到家里来种一株，几次偶然遇到老人，却不敢开口。因为它正长在老人面南的一个窗口，倘若他也像我一样珍爱他的常春藤，恐怕不肯让人剪栽。

有一回正是黄昏，我蹲在那里，看到常春藤又抽出许多新芽，正在出神之际，老人推着摊车要出门做生意，木门咿呀一声，他对着我露出了善意的微笑，我趁机说："老伯，能不能送我几株您的常春藤？"

他笑着说："好呀，你明天来，我剪几株给你。"然后我看着他的背影背着夕阳向巷子外边走去。

老人如约地送了我常春藤，不是一两株，是一大把，全是他精心挑拣过，长在墙上最嫩的一些。我欣喜地把它们种在花盆里。

没想到第三天台风就来了，不但吹垮了老人的木板屋，也把一整株常春藤吹得没有踪影，只剩下一堆残株败叶。老人忙着整建家屋，把原来一片绿意的地方全清扫干净，木屋也扶了正。我觉得怅然，将老人送我的一把常春藤要还给他，他只要了一株，他说："这种草的耐力强，一株就能长成一片的。"

老人的常春藤只随便一插，也并不见他洒水除草，只接受阳光和雨露的滋润。我的常春藤细心地养在盆里，每天晨昏依时浇水，同样也在阳台上接受阳光和雨露。

然后我就看着两株常春藤在不同的地方生长，老人的常春藤愤怒地抽芽拔叶，我的是温柔地缓缓生长；他的芽越抽越长，叶子越长越大，我的则是芽越来越细，叶子越长越小。比来比去，总是不及。

那是去年夏天的事了。现在，老人的木板屋有一半已经被常春藤覆盖，甚至长到窗口；我的花盆里，常春藤已经好像长进宋朝的文人画里了，细细的垂覆枝叶。我们研究了半天，老人说："你的草没有泥土，它的根没有地方去，怪不得长不大。呀！还有，恐怕它对这块烂泥地有了感情呢！"

非洲红

三年前，我在一个花店里看到一株植物，茎叶全是红色的，虽是盛夏，却溢着浓浓秋意。它被种植在一个深黑色滚着白边的瓷盆里，看起来就像黑夜雪地里的红枫。卖花的小贩告诉我，那株红植物名字叫"非洲红"，是引自非洲的观叶植物。我向来极爱枫树，对这小圆叶而颜色像枫叶的非洲红自也爱不忍释，就买来摆在书房窗口外的阳台，每日看它在风中摇曳。非洲红是很奇特的植物，放在室外的时候，它的枝叶全是血一般的红；而摆在室内就慢慢地转绿，有时就变得半红半绿，在黑盆子里煞是好看。

它叶子的寿命不长，隔一两月就全部落光，然后在茎的根头又一夜之间抽放出绿芽，一星期之间又是满头红叶了。使我真正感受到时光变异的快速，以及生机的运转。年深日久，它成为院子里我非常喜爱的一株植物。

去年我搬家的时候，因为种植的盆景太多，有一大部分都送人了。新家没有院子，我只带了几盆最喜欢的花草，大部分的花草都很强韧，可以用卡车运载，只有非洲红，它的枝叶十分脆嫩，我不放心搬家工人，因此用一个木箱子把它固定装运。

没想到一搬了家，诸事待办，过了一星期安定下来以后，我才想到非洲红的木箱；原来它被原封不动地放在阳台，打开以后，发现盆子里的泥土全部干裂了，叶子全部落光，连树枝都萎缩了。我的细心反而害了一株植物，使我伤心良久，妻子安慰我说："植物的生机是很强韧的，我们再养养看，说不定能使它复活。"

我们便把非洲红放在阳光照射得到的地方，每日晨昏浇水，夜里我坐在阳台上喝茶的时候，就怜悯地望着它，并无力地祈祷它的复活。大约过了一星期左右，有一日清晨我发现，非洲红抽出碧玉一样的绿芽，含羞地默默地探触它周围的世界，我和妻子心里的高兴远胜过我们辛苦种植的郁金香开了花。

我不知道非洲红是不是真的来自非洲，如果是的话，经过千山万水的移植，经过花匠的栽培而被我购得，这其中确实有一种不可言说的缘分。而它经过苦旱的锻炼竟能从裂土里重生，它的生命力是令人吃惊的。现在我的阳台上，非洲红长得比过去还要旺盛，每天张着红红的脸蛋享受阳光的润泽。

由非洲红，我想起中国北方的一个童话《红泉的故事》。它说在没有人烟的大山上，有一棵大枫树，每年枫叶红的秋天，它的根渗出来一股不息的红泉，只要人喝了红泉就全身温暖，脸色比桃花还要红。而那棵大枫树就站在山上，看那些女人喝它的红泉水，它就选其中最美的女人抢去做媳妇，等到雪花一落，那个女人也就变成枫树了。这当然是一个虚构的童话，可是中国人的心目中确实认为枫树也是有灵的。枫树既然有灵，与枫树相似的非洲红又何尝不是有灵的呢？

在中国的传统里，人们认为一切物类都有生命，有灵魂，有情感，能和人做朋友，甚至可以恋爱和成亲。同样地，人对物类也有这样的感应。我有一位爱兰花的朋友，他的兰花如果不幸死去，他会痛哭失声，如丧亲人。我的灵魂没有那样纯洁，但是看到一棵植物的生死会使人喜悦或颓唐，恐怕是一般人都有过的经验吧！

非洲红变成我最喜欢的一株盆景，我想除了缘分，就是它在垂死到最绝处的时候，还能在一盆小小的土里重生。

紫茉莉

我对那些按着时序在变换着姿势，或者是在时间的转移中定时开合，或者受到外力触动而立即反应的植物，总是持有好奇和喜悦的心情。

像种在园子里的向日葵或是乡间小道边的太阳花，是什么力量让它们随着太阳转动呢？难道只是对光线的一种敏感？

像平铺在水池的睡莲，白天它摆出了最优美的姿势，为何在夜晚偏偏睡成一个害羞的球状？而昙花正好和睡莲相反，它总是要等到夜深人静的时候，才张开笑颜，放出芬芳。夜来香、桂花、七里香，总是越黑夜之际越能品味它们的幽香。

还有含羞草和捕虫草，它们一受到摇动，就像一个含羞的姑娘默默地颔首。还有冬虫夏草，明明冬天是一只虫，夏天却又变成一株草。

在生物书里我们都能找到解释这些植物变异的一个经过实验的理由，

这些理由对我却都是不足的。我相信在冥冥中，一定有一些精神层面是我们无法找到的，在精神层面中说不定这些植物都有一颗看不见的心。

能够改变姿势和容颜的植物，和我关系最密切的是紫茉莉花。

我童年的家后面有一大片未经人工垦殖的土地，经常开着美丽的花朵，有像幸运草的黄色或红色小花，有像合欢的黄或白的圆形花，有各种颜色的牵牛花，秋天一到，还开满了随风摇曳的芦苇花……就在这些各种形色的花朵中，到处都夹生着紫色的小茉莉花。

紫茉莉是乡间最平凡的野花，它们整片整片地丛生着，貌不惊人，在万绿中却别有一番姿色。在乡间，紫茉莉的名字是"煮饭花"，因为它在有露珠的早晨，或者白日中天的正午，或者是星满天空的黑夜都紧紧闭着；只有一段短短的时间开放，就是在黄昏夕阳将下的时候，农家结束了一天的劳作，炊烟袅袅升起的时候，才像突然舒解了满怀的心事，快乐地开放出来。

每一个农家妇女都在这个时间下厨做饭，所以它被称为"煮饭花"。

这种一两年或多年生的草本植物，生命力非常强盛，繁殖力特强，如果在野地里种一株紫茉莉，隔一年，满地都是紫茉莉花了。它的花期也很长，从春天开始一直开到秋天，因此一株紫茉莉一年可以开多少花，是任何人都数不清的。

最可惜的是，它一天只在黄昏时候盛开，但这也是它最令人喜爱的地方。曾有植物学家称它是"农业社会的计时器"，当它开放之际，乡下的孩子都知道，夕阳将要下山，天边将会飞来满空的红霞。

我幼年的时候，时常和兄弟们在屋后的荒地上玩耍，当我们看到紫茉莉一开，就知道回家吃晚饭的时间到了。母亲让我们到外面玩耍，也时常叮咛："看到煮饭花盛开，就要回家了。"我们遵守着母亲的话，经常每天看到紫茉莉开花才踩着夕阳下的小路回家，巧的是，我们回到家，天就黑了。

从小，我就有点痴，弄不懂紫茉莉为什么一定要选在黄昏开，有人常多次坐着看满地含苞待放的紫茉莉，看它如何慢慢地撑开花瓣，出来看夕阳的景色。问过母亲，她说："煮饭花是一个贪玩的孩子，玩到黑夜迷了路变成的，它要告诉你们这些野孩子，不要玩到天黑才回家。"

母亲的话很美，但是我不信，我总认为紫茉莉一定和人一样是喜欢好景的，在人世间又有什么比黄昏的景色更好呢？因此它选择了黄昏。

紫茉莉是我童年里很重要的一种花卉，因此我在花盆里种了一棵，它长得很好，可惜在都市里，它恐怕因为看不见田野上黄昏的好景，几乎整日都开放着，在我盆里的紫茉莉可能经过市井的无情洗礼，已经忘记了它祖先对黄昏彩霞的选择了。

我每天看到自己种植的紫茉莉，都悲哀地想着，不仅是都市的人们容易遗失自己的心，连植物的心也在不知不觉中迷失了。

拥有一个真实的岛可能是艰难的，但在心里有一个岛，有大海、有花草、有椰影、有萤火、有蓝天，不受污染，那也就很好了。

芳香百里馨

我们坐在百里馨岛上唯一的餐厅，叫了一杯椰子水，等了半个多小时还没有来，我跑到柜台询问，掌柜的菲律宾青年指指门外，一径地傻笑着。

我不明所以，跑到门外，看见刚刚的那一位侍者正抱在椰子树的顶端采椰子。不，不能算是采椰子，而是砍椰子，他用一把长刀，啪一声把一串椰子砍下来，椰子便劈劈啪啪地落在草地上，侍者从椰子树爬下来，看到我站在树下，他咧开嘴，笑嘻嘻的。

接下来，他用砍椰子的长刀，把椰子壳砍了一个洞，插上一支吸管，直接从椰子树下端到我们的桌上。

我喝着刚从树上砍下的椰子水，算算时间已经快一个小时，心里想着："好险呀！幸好椰子树就种在餐厅门口，如果是种在几百公尺以外，等他采来，岂不是就天黑了！"

菲律宾人天生的慢动作，说好听一点是从容，说难听一点是懒散，其实是他们生性单纯，所求不多，特别是远离马尼拉四十分钟机程的百里馨岛，人民心性之单纯超乎了我们的想象。

例如，假若有五个人一起进餐厅，一人叫椰子水，一人叫柳橙汁，一人叫苹果汁，一人叫可乐，一人叫芒果汁，那侍者立刻就呆若木鸡，因为光背下这五种不同果汁的名字，对他来说就太复杂了。

我对朋友说："我们别整他了，如果再加上一杯咖啡、一杯红茶、一客冰淇淋，他可能立刻昏倒在地上。"

那可怎么办呢？

先点一杯椰子水，等他端来了，说："再来一客柳橙汁。"如是者五，他一趟一趟地来回走，不会算错，也不会造成负担。何况是在岛上，谁在乎时间呢？一步一步来也不会有什么事。

旅馆部的侍者也是很单纯的，他们常常坐在海边椰子树干和树叶搭成的凉亭聊天，只要有人从房间出来，他们就会微笑地走过来问："有什么事吗？"那是因为岛上的房间没有电话，一切都要面对面相询。

你摇摇头说："没事。"然后到海岸散步，他看你走远了，就径自进去帮你收拾房间，因此每次出门回来，房子总是窗明几净的，算一算，他一天里总要来收拾四五趟。一直到晚上，他为你提来一壶开水，然后亲切相问："还有什么事吗？"你说："没事。"他微笑、鞠躬、告退。一天的服务才告落幕，这种像是一家人的服务，即使是五星级的大饭店也没有。

生活在百里馨岛，时间和空间几乎都是静止的，在时间上，没有什么开始，也没有什么结束，岛民的生活几乎是日复一日，像一条绳子一样向前拉去，使我们想起古老民族的结绳记事，生活的变化小到就像时大时小的绳结。在空间上，百里馨岛小到只要半日就可以绕岛一圈，居民总共只有八百人，没有电视、没有报纸、没有资讯，甚至没有电，与外界的联系只有小飞机和渔船，它与整个世界是完全隔绝的，这个世界如果在一夜之间消失，百里馨人不会知道，或者百里馨如果一夜陆沉，世界也不会知道吧！

百里馨人出生在这个世界，以蓝天、大海、椰林为家，他们自给自足，既不需要欲求，也没有什么渴望，只是如实地单纯地生活着。他们不需要知道菲律宾，也不需要去向往马尼拉。我问过带我们到海上观光的中年渔夫，他这辈子还没有离开过百里馨，原因是，驾渔船到任何一个其他的岛都太远了。因为没有离开的欲望，生活就变得十分纯粹了。

像百里馨，一年只有两季，一季是干季、一季是湿季，不论干湿，气温都是十分宜人的，只要有一件短裤，几乎就可以过一辈子。有很多孩子，甚至整年赤身露体在岛上跑来跑去，衣饰是没有什么需要的。

食物更简单，地上有终年不缺的椰子和香蕉，海上只要出海就有鱼获，一个上午捕的鱼，几天也吃不完。椰子林中有山蟹，一个晚上就可以捉到一桶，全都不需要购买了。

房子那就更简单了，椰子树作建材，几人合力，一天就可以盖一幢屋子。

当然，住在这里的人也有生老病死，死了，岛上的人也不哀伤，把他抬到可以涉水而过的"死亡之岛"，草草埋了，生不带来，死不带去，与天地同生，与草木并朽。从百里馨看"死亡之岛"，林木苍苍，应该也是净土的所在吧！

除了文明之外，百里馨什么都具足了，我们在文明中生活的人，很难想象没有资讯、没有电、没有电话的生活是什么滋味，但这种困惑，百里馨人是不会有的。

说百里馨没有电也不确切，百里馨岛到了夜晚自备火力发电机，从晚上六点半到深夜十一点半发电，夜里的百里馨灯火通明，小路上都是一串串的灯泡，使人有宁馨安逸之感。到了十一点半，全岛陷入一片漆黑，极适合坐在海边沉思。

也唯有在完全漆黑中，我们才会发现大地即使在黑夜里也会自然发光，天空中月光星光交织，大海上波光潋滟，还有满天飞舞的萤火虫，萤火虫数量之多超过人的想象，有很多树因为停满了萤火虫，变成一棵棵"萤火树"，美极了。

我们曾在夜里，随当地的住民到山林间去捉山蟹，他们提着煤油灯，手脚敏捷，一个夜晚就能捕到一桶山蟹，有时在路边也能捡到山蟹，只只都有手掌大。我也曾在夜里带孩子在海边散步，捡拾寄居蟹，有一次竟然在海边捡到一只章鱼，活的，拍了照片之后就把它放生了。可知在黑暗之中，大地是充满生机的。

到了白天，百里馨被晨光唤起时最美，由于昨夜的涨潮在清晨退去，整个白沙海岸布满美丽的贝壳，星星是天上的贝壳，贝壳则是海岸的星星。我曾花了一个上午的时间，带孩子绕着海岸捡拾贝壳，晶白的、宝蓝的、玄黑的、粉红的、鹅黄的，各形各色的贝壳，在捡拾的时候使我感伤：在台湾也有很多海岸呀！贝壳到底是哪里去了？

百里馨是一个自主的王国，岛主是华裔的菲律宾人，听说他花了近二十年的时间来治理、经营这个岛，全岛为椰子树和花草所覆盖，整个是一座花园，甚至找不到一个石头。难以想象的是，岛上有很多雅致的别墅。有一座高尔夫球场、一个设备完善的游泳池、一个巨大洁净的餐厅。这么现代的设备是为了招待极少数有缘在百里馨度假的观光客。

为了担心旅游品质遭到破坏，每次只招待二十五个客人，正好坐两架小型的飞机，一下了飞机就完全与世界隔离，甚至一切消费都不付现，而是用记账的方式。岛上唯一的商店，只有三坪大。只卖泳衣、汗衫和贝壳，恐怕这是世界上最不商业化的观光区了。我们一家三口在百里馨住了三天，除去吃住，结账时总共花了二十五元美金。

为了与岛民分界，岛主在百里馨中间画了一条线，规定岛民除了旅馆部的工作人员，不可超过那个界限，岛主的规定有如圣旨，因此住在百里馨的观光客如果不到岛的另一边，根本看不到一个住民。我们曾到岛的另一边去，印象深刻的是有一间小学、一间天主堂，还有一家椰子油工厂，居民的住屋架高而通风，有点像兰屿的民居。

居住在花草、椰子树与大海岸边的岛民，可能并不知道在这个普受污染的世界，他们是住在一片净土之上。我记得刚下飞机的那一刻，有许多同伴异口同声地惊呼：这简直是传说中的极乐世界！

听说我们是第二批到达百里馨的中国旅客，对于一向以采购著名的中国旅行团，百里馨还是一片处女之地。

第三天要挥别百里馨的时候，所有的人都有不舍之情，时间并未静止，空间也并未静止，如果生命里这样的日子有三个月，不知道有多好！我的孩子听到我的感叹，他适时提醒我："三个月就会很无聊了。"对呀！我们这些被文明、繁荣、匆忙所宰制的人，已经没有单纯过活的心了。

登上飞机的那一刹那，我以深呼吸来告别百里馨，闻到空气中有一种单纯、清净的芬芳，在台北，这样的空气我们已经许久没有闻到了。

这时，我想到，百里馨的原文是 Balesin Island，第一个翻译成中文的是个天才！

在飞机上，带我们去百里馨的导游小谭说，菲律宾共有七千一百多个岛，有二千多个岛没有名称，有三千多个岛无人居住，菲律宾政府财政困难，大部分的岛都是可以出售的。

"怎么样？到菲律宾来买个岛吧？"小谭说。

我心里想，拥有一个真实的岛可能是艰难的，但在心里有一个岛，有大海、有花草、有椰影、有萤火、有蓝天，不受污染，那也就很好了。

因此我没有回答，带着我心里的岛飞越大海，告别了百里馨。

再好的歌者也有恍惚失曲的时候，再好的舞者也有乱节而忘形的时刻，我们是小小的凡人，不能有"爱到忘情近佛心"的境界，但是我们可以"藏情"，把完成过、失败过的情爱像一幅卷轴一样卷起来放在心灵的角落，让它沉潜，让它褪色，在岁月的足迹走过后打开来，看自己在卷轴空白处的落款，以及还鲜明如昔的刻印。

忘情花的滋味

院子里的昙花突然间开了，一共十八朵，夜里，打开院子里的灯，坐在幽暗的室内望向窗外，乳白色的昙花在灯下有一种难言的姿色，每一朵都是一幅春天的风景。

昙花是不能近看的，它适合远观，近看的昙花只是昙花，一种炫目的美丽，远观的昙花就不同了，它像是池里的睡莲在夜间醒来，一步一步走到人们的前庭后院，而且这些挺立在池中的睡莲都一起爬到昙花枝上，弯下腰，吐露出白色的芬芳。

第二天清晨昙花全谢了，垂着低低的头，我和妻子商量着，用什么方法吃那些凋谢的昙花，我说，昙花炒猪肉是最鲜美的一道菜，是我小时候常吃的。妻子说，昙花属于涅槃科，是吃斋的，不能与猪肉同炒，应该熬冰糖，可以生津止咳，可以叫人宠辱皆忘。

后来我们把昙花熬了冰糖，在春天的夜里喝昙花茶特别有一种清香的滋味，喝进喉里，它的香气仿佛是来自天的远方，比起阳明山上白云山庄的兰花茶毫不逊色——如果兰花是王者之香，昙花就是禅者之香，充满了遥远、幽渺、神秘的气味。

果然，妻子说，昙花的另一个名字叫"忘情花"，忘情就是"寂焉不动情，若遗忘之者"，也就是《晋书》中说的"圣人忘情"。在缤纷灿烂的花世界里，"忘情花"不知是哪一位高人的命名，它为昙花的一生下了一个注解，昙花好像是一个隐者，举世滔滔中，昙花固守了自己的情，将一生的精华在一夜间吐放，它美得那么鲜明，那么短暂。因为鲜明，所以动人；因为短暂，才叫人难忘。当它死了之后，我们喝着用它煎熬成的昙花茶时，在昙花，它是忘情了，对我们，却把昙花遗忘的情喝进腹中，在腹中慢慢地酝酿。

由于喝昙花茶，使我想起童年时代吃昙花的几种滋味。

小时候，家后院种了一片昙花，因为妈妈是爱看昙花的，而爸爸，却是爱吃昙花的。据爸爸说，最好吃的昙花是在它盛开的时候，又香又脆，可是妈妈不许，她不准任何人在昙花盛放时吃昙花，因此春天昙花开成一片白的时候，我们也只好在旁边坐守，看它仰起的头垂下才敢吃它。

爸爸吃昙花有好几种方法，第一种方法是"昙花炒猪肉"，把切成细丝的昙花和肉丝丢进锅中，烈火一炒，就是一道令人垂涎的好菜，这一道菜里昙花的滋味像是雨后笋园中冒出来的香芹，滑润、轻淡，入口即不能忘。

第二种方法是"昙花炖鸡"，将整朵的昙花一一洗净和鸡块同炖，放一点姜丝，这一道菜昙花的滋味有一点像香菇，汤是清的，捞起来的昙花还像活的一般。

第三种方法是"炸昙花饼"，用糖、面粉和鸡蛋打匀，把昙花沾满，放到油锅中炸成金黄色即可食，这一道菜昙花的滋味香脆达于极致，任何饼都无法比拟。

我们的童年在爸爸调教下，几乎每个兄弟都是"食花的怪客"，我们吃过的还不只是昙花，也吃过朱槿花、栀子花、银莲花、红睡莲、野姜花和百合花，我们还吃过寒芒花的嫩芽、鸡冠花的叶、满天星的茎，以及水笔仔的幼根，每种花都有不同的滋味。那时候年纪小不知道怜香惜玉这一套，如今想起那些花魂，心中总是有一种罪过的感觉。

食花真是有罪的吗？食了昙花真能忘情吗？有一次读《本草纲目》，知道古人也是食花的，古人也食草。在《本草纲目》谈到萱草时，引了李九华的《延寿书》说："嫩苗为蔬，食之动风，令人昏然如醉，因名忘忧。"

如果萱草"忘忧草"的名是因之而起，我倒愿为昙花是"忘情花"下一注解："美花为蔬，食之忘情，令人淡然超脱，因名忘情。"

"忘情花"的滋味是宜于联想的，在我们的情感世界里，"忘情"几乎是不可能的境界，因为有爱就有纠结，有情就有牵缠，如何在纠结牵缠中能拔出身来，走向空旷不凡的天地，就要像"忘情花"一样在短暂的时间里开得美丽，等凋萎了以后，把那些纠结牵缠的情经过煎、炒、煮、炸的锻炼，然后一口一口吞入腹里，并将它埋到心底最深处，等到另一个开放的时刻。

每个人的情感都是有盛衰的，就像昙花即使忘情，也有兴谢。我们不是圣人，不能忘情，再好的歌者也有恍惚失曲的时候，再好的舞者也有乱节而忘形的时刻，我们是小小的凡人，不能有"爱到忘情近佛心"的境界，但是我们可以"藏情"，把完成过、失败过的情爱像一幅卷轴一样卷起来放在心灵的角落，让它沉潜，让它褪色，在岁月的足迹走过后打开来，看自己在卷轴空白处的落款，以及还鲜明如昔的刻印。

我们落过款、烙过印；我们惜过香、怜过玉。这就够了，忘情又如何？无情又如何？

心里有美、有香、有平静、有种种动人的质地，会使我们有更洁净的心灵来面对人生。

以智慧香而自庄严

有时会在晚上去逛花市。

夜里九点以后，花贩会将店里的花整理一遍，把一些盛开着的，不会再有顾客挑选的花放在方形的大竹篮里推到屋外，准备丢弃了。

多年以前，我没有多余的钱买花，就在晚上去挑选竹篮中的残花，那虽然是已被丢弃的，看起来都还很美，尤其是它们正好开在高峰，显得格外辉煌。在竹篮里随意翻翻就会找到一大把，带回家插在花瓶里，自己看了也非常欢喜。

从竹篮里拾来的花，至少可以插一两天，甚至有开到四五天的。每当我把花一一插进瓶里，会兴起这样的遐想：花的生命原本短暂，它若有知，知道临谢前几天还被宝爱着，应该感叹不枉一生，能毫无遗憾地凋谢了。

　　花的盛放是那么美丽，但凋落时也有一种难言之美，在清冷的寒夜，我坐在案前，看到花瓣纷纷落下，无声地辞枝，以一种优雅的姿势飘散，安静地俯在桌边，那颤抖离枝的花瓣时而给我是一瓣耳朵的错觉，仿佛在倾听着远处土地的呼唤，闻着它熟悉的田园声息。那还留在枝上的花则是眼睛一样，努力张开，深情地看着人间，那深情的最后一瞥真是令人惆怅。

　　每一朵花都是安静地来到这个世界，又沉默离开，若是我们倾听，在安静中仿佛有深思，而在沉默里也有美丽的雄辩。

　　许久没有晚上去花市了，最近去过一次，竟捡回几十朵花，那捡来的花与买回的花感觉不同，由于不花钱反而觉得每一朵都是无价的。尤其是将谢未谢，更显得楚楚可怜，比起含苞时的精神抖擞也自有一番风姿。

　　说花是无价的，可能只有卖花的人反对。花虽是有形之物，却往往是无形的象征，莲之清净、梅之坚贞、兰之高贵、菊之傲骨、牡丹之富贵、百合之闲逸，乃至玫瑰的爱情、康乃馨的母爱都是高洁而不能以金钱衡量的。

　　花所以无价，是花有无求的品格。如果我们送人一颗钻石，里面的情感就不易纯粹，因为没有人会白送人钻石的；如果是送一朵玫瑰，它就很难掺进一丝杂质，由于它的纯粹，钻石在它面前就显得俗气了。

　　花的威力真是不小，但花的因缘更令人怀想。我国民间有一种说法，说世上有三种行业是前世修来的，就是卖花、卖香、卖伞。因为卖花是纯善的行业，买花的人不是供养佛菩萨，就是与人结善缘，即使自己放置案前也能调养身心。卖香、卖伞也都是纯善的行业，如果不是前世的因缘，哪里有福分经营这么好的行业呢？

卖花既是因缘，爱花也是因缘，我常觉得爱花者不是后天的培养，而是天生的直觉。这种直觉来自良善的品格与温柔的性情，也来自对物质生活的淡泊，一个把物质追求看得很重的人，肯定是与花无缘的。

有一些俗人常把欣赏花看成是小道，其实不然，佛教两部最伟大的经典《妙法莲华经》《大方广佛华严经》就是以花来命名的；而在大千世界里每一个佛的净土，无不是开满美丽的花、飘扬着花香，可见爱花不是小道。

佛经中曾经比喻过花香不是独立存在的，一朵花的香气和整枝花都有关系，用来说明一个人的完成是肉体、感觉、意识、自性、人格整体的实践，是不可分离的。一枝花如果有一部分败坏，那枝花就开不美；一个人也是一样，戒行不完满就无法散放出人格的芬芳。

爱花的人如何在花中学习开启智慧，比只是痴痴地爱花重要。在《大方广佛华严经》中有一位名叫优钵罗华的卖香长者，曾说过一段有智慧的话："如诸菩萨摩诃萨，远离一切诸恶习气，不染世欲，永断烦恼众魔胃索。超诸有趣，以智慧香而自庄严，于诸世间皆无染着，具足成就无所着戒、净无着智、行无着境、于一切处悉无有着，其心平等，无着无依。"长者虽是从卖香而得到智慧，与花也是相通的，我们如果能自花中提炼智慧之香，用智慧之花来庄严心灵，还有什么能染着我们呢？

花的美是无常的，世间的一切何尝不是花般无常？若能体会无常也有常在，无常也就能激发我们的智慧，我曾试写过一首偈：

　　　　日日禅定镜，处处般若花。

　　　　时时清凉水，夜夜琉璃月。

这世间，"镜花水月"是最虚幻和短暂的，唯其如此，才使我们有最深刻的觉醒，激发我们追求真实和永恒的智慧。

　　当我们面对人间的一朵好花，心里有美、有香、有平静、有种种动人的质地，会使我们有更洁净的心灵来面对人生。

　　让我们看待自己如一枝花吧！香给这世界看，如果世界不能欣赏我们，我们也要沉静庄严地开放，倾听土地的呼唤，深情地注视人间！

Part2
初心不改

很少有人能回观自我，品赏自己心灵的梅香，大部分人空过了一生，也没有体会到隐藏在心灵内部极幽微，但极清澈的自性的芳香。

眼前这一盆百合使我生起一种深切的感怀，它是在预告一个春天的结束，用它的白来告白，用它的香来宣示，用它的形状来吹奏，我们在山坡地那无忧的生活也随百合的记忆流得远了。

买了半山百合

在市场里，有个宜兰人，每隔几天来卖菜。

这个宜兰人像魔法师一样，长得滑稽而神气，他的菜篮里每次总会有几把野花。像鸡冠花、小菊花、圆仔花、大理花之类的。他告诉我，他在家附近采到什么花，就卖什么花。

他卖菜与一般菜贩无异，但卖花却有个性，不论大把小把，总是卖五十元，所以买的人有时觉得很便宜，有时觉得很贵，他不在乎，也不减价，理由是："卖菜是主业，要照一般的行情；卖花是副业，我想怎么卖就那样卖呀！爽就好！"

他卖花爱卖不卖的，加上采来的花比不上花店的花好看，有的极瘦小，有的被虫吃过，所以生意不佳，可怪的是，他宁可不卖，也不折价。有时候他的花好，我就全买了（不过才三四把），所以他常对我说："老板，你这个人阿莎力，我真甲意。"有时候花真的不好，我不买，他会兜起一把花追上来："嘿！送你啦！我这个人也阿莎力。"

久了以后，相熟，我就叫他"阿莎力"，他颇乐，远远看到我就笑嘻嘻的，好像迪士尼卡通片《石中剑》里那个魔法师一样。

每年野姜花或百合花盛开的时候，阿莎力最开心，因为他生意特别好。百合与野姜洁白、芬芳，都是讨人喜欢的花，又不畏虫害，即使是野生的也开得很美。这时百合花就不只卖三四把了，他每天带来一大桶，清早就被抢光。据他说，卖一桶花赚的钱胜过卖两担菜。"台北人也真是的，白菜一斤才卖二十块，又要杀价，又要讨葱，一束花五十块，也不杀价，一次买好几把，怕买不到似的。"然后他消遣我："老板，你嘛是台北人呀！还好你买菜不杀价，也不讨葱。"

今天路过"阿莎力"的摊子，看到有几束百合，比从前卖的百合瘦小，株条也不挺直，我说："阿莎力！你今天的百合怎么只有这些？"

"全卖给你好了，这是今年最后的野百合了，我把半座山的百合全摘来了。"

"半座山的百合？"

"是呀！百合的季节已经过了，我走了半座山只摘到这些，以后没有百合卖了。"

"半座山的百合，那剩下的半座山呢？"

"剩下的半座山是悬崖呀，老板！"阿莎力苦笑着说。

想到这是今年最后的百合，我就把他所有的百合全买下来，总共才花了三百元。回家的路上我想到三百元就买下半座山的百合，心中感到十分不可思议。

我把百合插在花瓶里，晚上的时候一个人静静地看那纯白的盛放的花朵，百合的喇叭形状仿佛在吹奏音乐一样，野百合的芳香最盛，特别是夜里心情沉静的时候，香气随着音乐在屋里流淌。

在山里的花，我最喜欢的就是百合了。从前家住山上，有四种花是遍地蔓生的，除了百合，还有野姜花、月桃、牵牛花。野姜花的香气太艳，月桃花没有香气，牵牛花则朝开暮谢，过于软弱，只有百合是色香俱足，而且在大风的野地里也不会被摧折，花期又长。

从前的乡下人不时兴插花，因为光是吃饱都艰难，谁会想到插一瓶花呢？不插花不表示不爱花，每当野花盛开的时节，我们时常跑到山坡上去寻找野花的踪迹，有些山坡开满了百合花，我们就会躺在百合花的白与白之间，山风使整个田园都有着清凉的香气。感觉到，我们的心也像百合一般白了，并用白喇叭吹奏着高扬的音乐。然后想到"山上的百合也不纺纱，也不织布，但所罗门王皇冠上的宝石也比不上它"的句子，就不禁有陶醉之感。

近年来，野百合好像也很少了，可能是山坡地开发的缘故。只有几次到东部去，在东澳、南澳、兰屿见到野百合遍地开的情景，自从流行插花，而百合花就可以卖钱，野生的百合在未开之前便被齐根剪断，带到市场来卖。

插在屋里瓶里的野百合花，虽然也像在坡地一样美、一样香，感受却大有不同了，屋里的百合再怎么美，也没有野地风中那样的昂扬，失去了那种生机盎然的姿势，好像……好像开得没有那么"阿莎力"了。

进口种植的百合花有各种颜色，黄的、红的、橙的，香气甚至比野生的更胜，但可能是童年印象的缘故，我总觉得百合花都应该是白色的，花形则最好是瘦瘦的、长长的。可是那土生土长的、有灵性之白的百合，恐怕得要到另外半山的悬崖峭壁去看了。

今年的野百合花期已过，剩下的都是温室种植的百合了，这样一想，眼前这一盆百合使我生起一种深切的感怀，它是在预告一个春天的结束，用它的白来告白，用它的香来宣示，用它的形状来吹奏，我们在山坡地那无忧的生活也随百合的记忆流得远了。

夜里，坐在百合花前，香气弥漫，在屋里随风流转。想到半山的百合花都在我的屋子里，虽然开心，内心里还是有一种幽微的疼惜。

呀，不管怎么样，野百合还是开在山里好，野百合，还是开在山里的，好呀！

一个人如果没有全身心投入此刻的融入，真实的发芽就变成不可能。放下一半的自我，不会是全然的自我。

季节之韵

在这冬与春的交界，有时候感觉不是一季要变为另一季，而是每天就是一季，尤其是天气如此阴晴不定，昨天才冷得彻人，今天就要换上夏衫，以为从此就是好日子了，明天又是一道冷锋，悄悄地从远方袭来，这时候会想起憨山大师的一首禅诗：

世界光如水月，身心皎若琉璃。

但见冰消涧底，不知春上花枝。

春上花枝确实是一种"不知"，它仿佛是没有预告的电影，默默地上映，镜头一瞥，就是阳光灿烂，花团锦簇了。

比较长期而固定的剧本，是百货公司打折的招牌，从八折、七折、五折、三折，忽然打到一折了，那打折的不仅是服装，而是一点一点在飘去的冬季，冬季都打到一折了，春天就要从那谷底生发出来。

百货公司彻底的打折，是一种季节的预告，也是一种欲望的牵引，其实我们冬季的衣服已经够穿，而今年再也没有机会穿，却因为打折，满足了我们对明年的冬季有一种欲望的期待，许多人因此花很便宜的价钱买下要封存整季（或者更久）的服装。表面上看来，或者今年的冬天不必再添置新装，但到了冬天，我们又会有新的欲望、新的渴求，也因此，打折是永不休止的。

对于服装的价格与美学，因为打折而被混淆了。本来我们应该选择那些精美的服饰，买上少数的几件，却往往因为贪求便宜，而买了许多品质不是很好，自己不是很喜欢的东西。由于外在环境的打折，我们对于美的要求也随之打折，心灵也跟着打折了。

其实，对于季节，或是心灵的创发，我们应该有一种决然的态度，也就是把全部的精神力投注于某一个焦点，以生命来融入，既不留意去年冬季的残雪，也不对今年的冬天做过度的期待，现在既然是春天了，与其逛街去闲置冬装，还不如脱下重装，体验一下春天的自由与阳光。因为去年的冬天已不可追回，今年的冬季则还寄放在无何有之乡。

有一个禅的故事可以说明这样的心情：

一粒榕树的种子偶然落在地里，它对自己生命的未来感到迷惑，抬起头来看见一棵百年的榕树——它的母亲——正昂然地站立在蓝天的背景下。

种子说："妈妈，您怎么能如此伟大地站立在大地之上呢？"

榕树说："这不是伟大，只是一种自然的生长呀！我们在季节中长大，吸收雨露阳光，甚至接受狂风与闪电的考验，每一粒榕树的种子，只要健康就会长大，你也一样呀，孩子！"

种子说："可是，妈妈！为什么我一直都住在如此阴暗潮湿的土地呢？我要如何才能像您一样挺立呢？"

"首先，我的孩子，你必须要消失，把自己融入泥土里，然后发芽，变成一棵树，有一天你就能像我一样，享受蓝天、阳光与和风呀！"

"妈妈，我要先消失，这多么可怕呀！万一我消失融入土里，没有长成一棵树，而变成一点泥土呢？这样太冒险了，还是让我保留一半是种子，一半长成树木吧！"

种子于是自己做了这样的主张，只选择了一半的消失，妈妈长叹一声。不久，那榕树的种子变成泥土，完全地消失了。

生命的成长、季节的成长也是这样决然的。一个人如果没有全身心投入此刻的融入，真实的发芽就变成不可能。放下一半的自我，不会是全然的自我。一株花如果不用全心来凋谢，就没有足够的养分长出树叶；一粒种子如果不全心地来消失，就不会从内在最深处长出芽来。

因此，我们的生命不能打折！

大慧宗杲禅师也有一首优美的诗来说这种心情：

> 桶底脱时大地阔，命根断处碧潭清。
>
> 好将一点红炉雪，散作人间照夜灯。

季节里年年都有冬季，人生里不也是常常面对着寒冷的冬季吗？泉自冷时冷起，峰从飞处飞来。在那无限的轮替之中，有没有一个洞然明白的观照呢？

人间照夜的灯火，是来自红炉中雪融的时刻。让我们以一种泰然欣赏的态度走过打折的市招，让我们知道生命的真实之道，是如实知见自己的心，没有折扣！

只要在坏的情况下，还维持人情与信用，并且不失去伟大的愿望，那么再坏的年景也不可怕。

卡其布制服

过年的记忆，对一般人来说当然都是好的，可是当一个人无法过一个好年的时候，过年往往比平常带来更深的寂寞与悲愁。

有一年过年，当我听母亲说那一年不能给我们买新衣鞋，忍不住跑到院子里靠在墙砖上哭出了声。

那一年我十岁，本来期待着过年买一套，新衣已经期待了几个月了。在那个年代，小孩子几乎是没有机会穿新衣的，我们所有的衣服鞋子都是捡哥哥留下的，唯一的例外是过年，只有过年时可以买新衣服。

其实新衣服也不见得是漂亮的衣服，只是买一件当时最流行的特多龙布料制服罢了。但即使这样，有新衣服穿是可以让人兴奋好久的，我到现在都可以记得当时穿新衣服那种颤抖的心情，而新衣服特有的棉香气息，到现在还依稀留存。

在乡下，过年给孩子买一套新制服竟成为一种时尚，过年那几天，满街跑着的都是特多龙的卡其制服，如果没有买那么一件，真是自惭形秽了。差不多每一个孩子在过年没有买新衣，都要躲起来哭一阵子，我也不例外。

那一次我哭得非常伤心，后来母亲跑来安慰我，说明为什么不能给我们买新衣的原因。因为那一年年景不好，收成抵不上开支，使我们连杂货店里日常用品的欠债都无法结清，当然不能买新衣了。

我们家是大家庭，一家子有三十几口，那一年尚未成年的兄弟姊妹就有十八个，一人一件新衣，就是最廉价的，也是一大笔开销。

那一年，我们连年夜饭都没吃，因为成年的男人都跑到外面去躲债了，一下子是杂货店、一下子是米行、一下子是酱油店跑来收账，简直一点解决的办法也没有，那些人都是殷实的小商人，我们家也是勤俭的农户，但因为年景不好，却在除夕那天相对无言。

当时在乡下，由于家家户户都熟识，大部分的商店都可以赊欠的，每半年才结算一次，因此过年前几天，大家都忙着收账，我们家人口众多，每一笔算起来都是不小的数目，尤其在没有钱的时候，听来更是心惊。

有一个杂货店的老板说："我也知道你们今年收成不好，可是欠债也不能不催，我不催你们，又怎么去催别人呢？"

除夕夜，大人到半夜才回家来，他们已经到山上去躲了几天了，每个人都是满脸风霜，沉默不言，气氛非常僵硬。依照习俗，过年时的欠债只能催讨到夜里子时，过了子时就不能讨债了，一直到初五"隔开"时，才能再上门要债。爸爸回来的时候，我们总算松了口气，那时就觉得，没有新衣服穿也不是什么要紧，只要全家人能团聚也就好了。

第二天，爸爸还带着我们几个比较小的孩子到债主家拜年，每一个人都和和气气的，仿佛没有欠债的那一回事，临走时，他们总是说："过完年再来交关吧！"对于中国人的人情礼义，我是那一年才有一些懂了，在农村社会，信用与人情都是非常重要的，有时候不能尽到人情，但由于过去的信用，使人情也并未被破坏。当然，类似"跑债"的行为，也只反映了人情的可爱，因为在双方的心里，其实都是知道一笔债是不可能跑掉的。土地在那里，亲人在那里，乡情在那里，都是跑不掉的。

对生活在都市里的、冷漠的现代人，几乎难以想象三十年前乡下的人情与信用，更不用说对过年种种的知悉了。

对农村社会的人，过年的心比过年的形式重要得多，记得我小时候，爸爸在大年初一早上到寺庙去行香，然后去向亲友拜年，下午他就换了衣服，到田里去巡田水，并看看作物生长的情况，大年初二也是一样，就是再松懈，也会到田里走一两回，那也不尽然是习惯，而是一种责任，因为，如果由于过年的放纵，使作物败坏，责任要如何来担呢？

所以心在过年，行为并没有真正的休息。

那一年过年，初一下午我就随爸爸到田里去，看看稻子生长的情形，走累了，爸爸坐下来把我抱在他的膝上，说："我们一起向上天许愿，希望今年风调雨顺、国泰民安，大家都有好收成。"我便闭起眼睛，专注地祈求上天、保佑我们那一片青翠的田地。许完愿，爸爸和我都流出了眼泪。我第一次感觉到人与天地有着浓厚的关系，并且在许愿时，我感觉到愿望仿佛可以达成。

开春以后，家人都很努力工作，很快就把积欠的债务，在春天第一次收成里还清。

那一年的年景到现在仍然非常清晰，当时礼拜菩萨时点燃的香，到现在都还在流荡。我在那时初次认识到年景的无常，人有时甚至不能安稳地过一个年，而我也认识到，只要在坏的情况下，还维持人情与信用，并且不失去伟大的愿望，那么再坏的年景也不可怕。

如果不认识人的真实，没有坚持的愿望，就是天天过年，天天穿新衣，又有什么意思呢？

一个人本来自然活在世间，没有什么欲望，但当他过
惯了娇贵的生活，就如同生在盆里的兰花，会失去很
多自由，失去很多知己。

野生兰花

万华龙山寺附近，看到几位山地青年在卖兰花。

他们的兰花不像一般花市种在花盆里的那么娇贵，而是随意用干草捆扎，一束束躺在地上。有位青年告诉我，这是他们昨日在东部的山谷中采来的兰花，有许多是冒着生命危险采自断崖与石壁。

"虽然采来很不容易，价钱还是很便宜的啦！"青年说。

"可是这从山里采来的兰花，要怎么种呢？"我看到地上的兰草有些干萎，忍不住这样问。

"没关系的啦，随便找个盆子种都会活。我们在山里随便拿个宝特汽水瓶种都会活的呢！"旁边一位眼睛巨大黑白分明的青年插嘴道。

"对了，对了。山上的兰花长在深谷里、大石边、巨树上，随便长随便活呢！"原先的青年说。山地人说普通话时声调轻扬，真是好听。尤其是说"随便随便"的时候。

我买了一束兰花回来，一共有五株，不管三七二十一把它种在阳台的空盆里，奇迹似的，它们真的就那样活起来。

这倒使我思考到一些从未想过的问题，从前一直以为兰花是天生的娇贵，它要用特别的盆子，要小心翼翼地照顾，价钱还十分的高昂，因此平常人家种盆栽，很少想到养兰花。现在知道兰花原是深山中生长的花草，心中反倒有一些怅然，我们对兰花娇贵的认知，何尝不是一种知识的执着呢？

看着自己种植的野生兰花，使我想起自己非常喜爱的书画家郑板桥。郑板桥在画史上以画兰竹驰名，他性格耿介，与"扬州八怪"同时是清朝艺术史上的明星。他有一次看见自己种在盆中的兰花长得很憔悴，有"思归之色"，就打破花盆，把兰花种在太湖石边，第二年兰花"发箭数十挺"，果然长得十分茂盛，花开得比从前更多，香味比往昔坚厚。他不禁题诗道：

兰花本是山中草，

还向山中种此花；

尘世纷纷植盆盎，

不如留与伴烟霞。

直到我种了野生的兰花，才稍稍体会了板桥写此诗的心情，他这是用兰花来自况，不愿意在山东当七品官，希望回到自己的家乡与烟霞为伴。

郑板桥留下许多兰画，他的兰画与一般画家所画不同，他常把兰花与荆棘画在一起，认为荆棘也是一样的美，用以象征君子与小人杂处的感叹。

晚年的时候，他爱画破盆的兰花，有一幅画他这样题着：

春雨春风洗妙颜，

一辞琼岛到人间；

而今究竟无知己，

打破乌盆更入山。

用来表白心中渴望辞去官职追求自由的志向，但也说明了兰花本身的遭遇。从琼岛来到人间的兰花，虽种在细心照抚的盆中，却失去了山中的许多知己呀！

一个人本来自然活在世间，没有什么欲望，但当他过惯了娇贵的生活，就如同生在盆里的兰花，会失去很多自由，失去很多知己，所以人宁可像野生的兰花，活在巨石之缝、高山之顶、幽谷深处与烟霞做伴。这是自由与自在的追求，正如郑板桥最流行后世的一幅字所说："难得糊涂：聪明难，糊涂难，由聪明转入糊涂更难；放一着，退一步，当下心安，非图后来福报也。"

我最喜欢郑板桥写给儿子的四首儿歌：

二月卖新丝，五月粜新谷。医得眼前疮，剜却心头肉。

耕苗日正午，汗滴禾下土。谁知盘中餐，粒粒皆辛苦。

昨日入城市，归来泪满巾。遍身罗绮者，不是养蚕人。

九九八十一，穷汉受罪毕。才得放脚眠，蚊虫獦蚤出。

这歌中充满了大悲与大爱，真如深谷中幽兰的芳香，无怪乎当他被富人杯葛，离开潍县县令的任所时，百姓跪在道旁流着眼泪送他辞官归里。郑板桥终于回到家乡，像一株盆中的兰花回到山林，他晚年的书画为中国写下了光灿的一页。

我不是很喜欢兰花，因为感觉到它已沦为富者的玩物，但一想到山间林野的兰花丛时，就格外感知了为什么古来中国文人常把兰花当成知己的缘由。名士与名兰往往会沦为官富人家酬酢的玩物，尽管性格高旷，玉洁冰清，也只能在盆里吐放香气，这样想起来就觉得有无限的悲情。

从山地青年手里买来的野生兰花，几个月后终于枯萎了，一直到今天我还不确知原因，却仿佛听见了板桥先生的足声从很远的地方走近，又走远了。

如若能感知天下，能与落叶飞花同呼吸，能
保有在自然中谦卑的心情，就是住在最热闹
的城市，秋天也永远不会远去。

秋天的心

我喜欢《唐子西语录》中的两句诗：

山僧不解数甲子，

一叶落知天下秋。

是说山上的和尚不知道如何计算甲子日历，只知道观察自然，看到一片树叶落下就知道天下都已经秋天了。从前读贾岛的诗，有"秋风吹渭水，落叶满长安"之句，对秋天萧瑟的景象颇有感触，但说到气派悠闲，就不如"一叶落知天下秋"了。

现代都市人正好相反，可以说是"落叶满天不知秋，世人只会数甲子"，对现代人而言，时间观念只剩下日历，有时日历犹不足以形容，而是只剩下钟表了，谁会去管是什么日子呢？

　　三百多年前，当汉人到台湾来垦殖移民的时候，发现台湾的平埔族山胞非但没有日历，甚至没有年岁，不能分辨四时，而是以山上的刺桐花开为一度过着逍遥自在的生活。初到的汉人想当然尔的感慨其"文化"落后，逐渐同化了平埔族，到今天，平埔族快要成为历史名词，他们有了年岁、知道四时，可是平埔族后裔，有很多已经不知道什么是刺桐花了。

　　对岁月的感知变化由立体到平面可以如此迅速，宁不令人兴叹？以现代人为例，在农业社会还深刻知道天气、岁时、植物、种作等等变化是和人密切结合的，但是，商业形态改变了我们，春天是朝九晚五，冬天也是朝九晚五；晴天和雨天已经没有任何差别了。这虽使人离开了"看天吃饭"的阴影，却也多少让人失去了感时忧国的情怀，和胸怀天下的襟抱了。

　　记得住在乡下的时候，大厅墙壁上总挂着一册农民历，大人要办事，大自播种耕耘、搬家嫁娶，小至安床沐浴、立券交易都会去看农民历。因此到了年尾，一本农民历差不多翻烂了，使我从小对农民历书就有一种特别亲切的感情。

　　一直到现在，我还保持着看农民历的习惯，觉得读农民历是快乐的事，就看秋天吧，从立秋、处暑、白露，到秋分、寒露、霜降，都是美极了，那清晨田野中白色的露珠，黄昏林园里清黄的落叶，不都是在说秋天吗？所以，虽然时光不再，我们都不应该失去农民那种在自然中安身立命的心情。

　　城市不是没有秋天，如果我们静下心来就会知道，本来从东南方吹来的风，现在转到北方了；早晚气候的寒凉，就如同北地里的霜降；早晨的旭日与黄昏的彩霞，都与春天时大有不同了。变化最大的是天空和云彩，在夏日炎亮的天空，逐渐地加深蓝色的调子，云更高、更白，飘动的时候仿佛带着轻微的风。每天我走到阳台，抬头看天空，知道这是真正的秋天，是童年田园记忆中的那个秋天，是平埔族刺桐花开的那个秋天，也是唐朝山僧在山上见到落叶的同一个秋天。

如若能感知天下，能与落叶飞花同呼吸，能保有在自然中谦卑的心情，就是住在最热闹的城市，秋天也永远不会远去。如果眼里只有手表、金钱、工作，即使在路上被落叶击中，也见不到秋天的美。

秋天的美多少带点潇湘之意，就像宋人吴文英写的词："何处合成愁，离人心上秋"，一般人认为秋天的心情，就会有些愁恼肃杀，其实，秋天是禾熟的季节，何尝没有清朗圆满的启示呢？

我也喜欢韦应物一首秋天的诗：

> 今朝郡斋冷，忽念山中客；
>
> 涧底束荆薪，归来煮白石。
>
> 欲持一瓢酒，远慰风雨夕；
>
> 落叶满空山，何处寻行迹？

在这风云滔滔的人世，就是秋天如此美丽清明的季节，要在空山的落叶中寻找朋友的足迹是多么困难！但是，即使在红砖道上，淹没在人潮车流之中，要找自己的足迹，更是艰辛呀！

雪，冷而清明，纯净优美，念念不住，
在某一个层面上，像极了我们的心。

雪的面目

在赤道，一位小学老师努力地给儿童说明"雪"的形态，但不管他怎么说，儿童也不能明白。

老师说：雪是纯白的东西。

儿童就猜测：雪像盐一样。

老师说：雪是冷的东西。

儿童就猜测：雪像冰淇淋一样。

老师说：雪是粗粗的东西。

儿童就猜测：雪像沙子一样。

老师始终不能告诉孩子雪是什么，最后，他考试的时候，出了"雪"的题目，结果有几个儿童这样回答："雪是淡黄色，味道又冷又咸的沙。"

这个故事使我们知道，有一些事物的真相，用言语是无法表达的，对于没有看过雪的人，我们很难让他知道雪，像雪这种可看的、有形象的事物都无法明明白白地说清楚，那么，对于无声无色、没有形象、不可捕捉的心念，如何能够清楚地表达呢？

我们要知道雪，只有自己到有雪的国度。

我们要听黄莺的歌声，就要坐到有黄莺的树下。

我们要闻夜来香的清气，只有夜晚走到有花的庭院。

那些写着最热烈优美的情书的，不一定是最爱我们的人；那些陪我们喝酒吃肉搭肩拍胸的，不一定是真朋友；那些嘴里说着仁义道德的，不一定有人格的馨香；那些签了约的字据呀，也有背弃与撕毁的时候！

这个世界最美好的事物，都是语言文字难以形容与表现的。

那么，让我们保持适度的沉默吧！在人群中，静观谛听；在独处的时候，保持灵敏。

就像我们站在雪中，什么也不必说，就知道雪了。

在雪中清醒的孤独，总比在人群中热闹的寂寞与迷惑要好些。

雪，冷而清明，纯净优美，念念不住，在某一个层面上，像极了我们的心。

让我们一起以一种庄严的心情，走到心灵的花园，

放下一切的缠缚，狂心都歇，观闻从我们自性中

流露的梅香吧！

梅香

一个有钱的富人，正在家院的花园里赏梅花。

那是冬日寒冷的清晨，艳红的梅花正以最美丽的姿容吐露，富人颇为自己的花园里能开出这样美丽的梅花，感到无比的快慰。

突然，门外传来敲门的声音，富人去开了门，发现一个衣衫褴褛的乞丐，在寒风里冻得直打抖，那乞丐已在这开满梅花的园外冻了一夜，他说："先生，行行好，可不可以给我一点东西吃？"

富人请乞丐在园门口稍稍等候，转身进入厨房，端来一碗热腾腾的饭菜，他布施给乞丐的时候，乞丐忽然说："先生，您家里的梅花，真是非常芳香呀！"说完了，转身走了出去。

富人呆立在那里，感到非常震惊，他震惊的是，穷人也会赏梅花吗？

这是自己从来不知道的。另一个震惊的是，花园里种了几十年的梅花，为什么自己从来没有闻过梅花的芳香呢?

于是，他小心翼翼地，以一种庄严的心情，生怕惊动梅香似的悄悄走近梅花，他终于闻到了梅花那含蓄的、清澈的、澄明无比的芬芳，然后他濡湿了眼睛，流下了感动的泪水，为了自己第一次闻到了梅花的芳香。

是的，乞丐也能赏梅花，乞丐也能闻到梅花的香气，有的乞丐甚至在极饥饿的情况下，还能闻到梅花清明的气息。

可见得，好的物质条件不一定能使人成为有品位的人，而坏的物质条件也不会遮蔽人精神的清明，一个人没有钱是值得同情的，一个人一生都不知道梅花的香气一样值得悲悯。

一个人的品质其实是与梅香相似，是无形的，是一种气息，我们如果光是赏花的外形，就很难知道梅花有极淡的清香;我们如果不能细心地体贴，也难以品味到一个人隐在外表内部人格的香气。

最可叹惜的是，很少有人能回观自我，品赏自己心灵的梅香，大部分人空过了一生，也没有体会到隐藏在心灵内部极幽微，但极清澈的自性的芳香。

能闻梅香的乞丐也是富有的人。

现在，让我们一起以一种庄严的心情，走到心灵的花园，放下一切的缠缚，狂心都歇，观闻从我们自性中流露的梅香吧!

人世里一件最平凡的事物也许是我们永
远难以知悉的，即使微小如莲子，都有
一套生命的大学问。

用岁月在莲上写诗

那天路过台南县白河镇，就像暑天里突然饮了一盅冰凉的蜜水，又凉又甜。

白河小镇是一个让人吃惊的地方，它是本省最大的莲花种植地，在小巷里走，在田野上闲逛，都会在转折处看到一田田又大又美的莲花。那些经过细心栽培的莲花竟好似是天然生成，在大地的好风好景里毫无愧色，夏日里格外有一种欣悦的气息。

我去的时候正好是莲子收获的季节，种莲的人家都忙碌起来了，大人小孩全到莲田里去采莲子，对于我们这些只看过莲花美姿就叹息的人，永远也不知道种莲的人家是用怎么样的辛苦在维护一池莲，使它开花结实。

"夕阳斜，晚风飘，大家来唱采莲谣。红花艳，白花娇，扑面香风暑气消。你打桨，我撑篙，欸乃一声过小桥。船行快，歌声高，采得莲花乐陶陶。"我们童年唱过的《采莲谣》在白河好像一个梦境，因为种莲人家采的不是观赏的莲花，而是用来维持一家生活的莲子，莲田里也没有可以打桨撑篙的莲舫，而要一步一步踩在莲田的烂泥里。

采莲的时间是清晨太阳刚出来或者黄昏日头要落山的时分，一个个采莲人背起了竹篓，带上了斗笠，涉入浅浅的泥巴里，把已经成熟的莲蓬一朵朵摘下来，放在竹篓里。采回来的莲蓬先挖出里面的莲子，莲子外面有一层粗壳，要用小刀一粒一粒剥开，晶莹洁白的莲子就滚了一地。

莲子剥好后，还要用细针把莲子里的莲心挑出来，这些靠的全是灵巧的手工，一粒也偷懒不得，所以全家老小都加入了工作。空的莲蓬可以卖给中药铺，还可以挂起来装饰；洁白的莲子可以煮莲子汤，做许多可口的菜肴；苦的莲心则能煮苦茶，既降火又提神。

我在白河镇看莲花的子民工作了一天，不知道为什么总是觉得种莲的人就像莲子一样，表面上莲花是美的，莲田的景观是所有作物中最美丽的景观，可是他们工作的辛劳和莲心一样，是苦的。采莲的季节从端午节到九月的夏秋之交，等莲子采收完毕，接下来就要挖土里的莲藕了。

莲田其实是一片污泥，采莲的人要防备田里游来游去的吸血水蛭，莲花的梗则长满了刺。我看到每一位采莲人的裤子都被这些密刺划得千疮百孔，有时候还被刮出一条条血痕，可见得依靠美丽的莲花生活也不是简单的事。

小孩子把莲叶卷成杯状，捧着莲子在莲田埂上跑来跑去，才让我感知，再辛苦的收获也有快乐的一面。

　　莲花其实就是荷花，在还没有开花前叫"荷"，开花结果后就叫"莲"。我总觉得两种名称有不同的意义：荷花的感觉天真纯情，好像一个洁净无瑕的少女，莲花则宝相庄严，仿佛是即将生产的少妇。荷花是宜于观赏的，是诗人和艺术家的朋友；莲花带了一点生活的辛酸，是种莲人生活的依靠。想起多年来我对莲花的无知，只喜欢在远远的高处看莲、想莲，却从来没有走进真正的莲花世界，看莲田背后生活的悲欢，不禁感到愧疚。

　　谁知道一朵莲蓬里的三十个莲子，是多少血汗的灌溉？谁知道夏日里一碗冰凉的莲子汤是农民多久的辛劳？

　　我陪着一位种莲的人在他的莲田逡巡，看他走在占地一甲的莲田边，娓娓向我诉说一朵莲要如何下种、如何灌溉、如何长大、如何采收、如何避过风灾，等待明年的收成时，觉得人世里一件最平凡的事物也许是我们永远难以知悉的，即使微小如莲子，都有一套生命的大学问。

　　我站在莲田上，看日光照射着莲田，想起"留得残荷听雨声"恐怕是莲民难以享受的境界，因为荷残的时候，他们又要下种了。田中的莲叶坐着结成一片，站着也叠成一片，在田里交缠不清。我们用一些空虚清灵的诗歌来歌颂莲叶何田田的美，永远也不及种莲的人用他们的岁月和血汗在莲叶上写诗吧！

Part 3
随适而安

第一流的人物，不在于拥有多少物，拥有多少情，而在于能不能在旧物里找到新的启示，能不能在旧情里找到新的智慧，进出无碍。

在我们理想中的宁静、澄澈、深湛、光明的自性之海，要
经过多么长远的时光，才能开显呀！

宁静海

孩子从学校带回一盒蚕宝宝，据他说，现在学校里流行养蚕，几乎人手一盒。

面对那些纯白的小生命，我感到烦恼了，因为养蚕的事看来容易，实践却很难。我童年的时候养过许多次蚕，最后几乎都注定了失败的命运，并不是蚕养不活，而是长大以后它吐茧结蛹、羽化为蛾，生出更多的小蚕，繁殖得太快，不是桑叶不够吃，就是没有地方放置，最后，总是整盒带到郊外的桑树上放生。

那时候山里的桑树很多，甚至我家的后院就有几棵桑树，通常我们都是去山里采桑叶，只在不得已的情况才摘家里的。

想一想，在桑叶那么充沛的时候，养蚕都会失败，何况是现在呢？

　　孩子养蚕的桑叶是买自学校的福利社，一包十元，回来后他把桑叶冰在冰箱里免得枯萎，我看他忙得不亦乐乎，却想到：万一学校福利社的桑叶缺货呢？

　　果然，没有多久，一天孩子满头大汗地从学校回来，说："爸！糟了！天下大乱了！学校的桑叶缺货！"那天下午，我带他到台北市郊几个可能有桑树的地方去，都找不到一棵桑树，黄昏回程的时候，他垂头丧气地坐在车里，突然眼睛一亮："爸爸，我们用别的树叶试试！"

　　"没有用的，千百年来蚕就是吃桑叶长大，它不可能吃别的叶子。"我说。

　　孩子说："真的饿死也不吃别的树叶吗？我不信！"

　　"那么，你试试看！"

　　孩子兴奋地把家里种的树叶各摘下一片，把冰箱的菜叶也找来了，不管他放下什么叶子，蚕总是无动于衷，甚至连动也不动一下，虽然它们看起来是那么饥饿，饿得快死了，也不肯动口尝尝别的叶子。

　　试过所有的叶子，孩子长叹一声说："哎呀！这些蚕怎么这样想不开？吃几口别的树叶会死吗？"

　　他坐在那里发了半天呆，突然问我说："如果，如果，一只蚕从生下来就让它吃别的树叶，不让它吃一口桑叶，它会不会吃呢？"

　　"你试试看吧！"

　　为了寻找这问题的答案，他更乐于养蚕（幸好第二天福利社的桑叶就送来了），蚕儿长大、成蛹、化蛾、产卵……当黑色像睫毛一样的小蚕孵出的那一刻，孩子就喂给它别的树叶，结果它们的固执和父母一样，连第一口也不肯吃。最后孩子不得不把桑叶放进去，它们立刻欢喜地开口大吃了。

小蚕对桑叶的坚固执着，令我感到非常吃惊，它们的执着显然不是今生的习惯，而是来自遥远前世的记忆，否则不会连生平的第一口都那么执着。

在面对蚕的执着，孩子学到了什么呢？他说："蚕的心，我们是不会知道的啦！"

是呀！蚕的心潜藏着轮回的秘密，孕育着业力的神秘，包覆着习气的熏习，或者是像海一样深不可测的。当然这些都无从查考，唯一可知的是它只吃桑叶（古今中外的蚕都如此），它只吐一种明亮、柔软、坚韧的丝（古今中外的蚕也都如此）。

世界的众生何尝不如此呢？每一众生的内在世界都深奥一如海洋。以蚕的近亲飞蛾来说吧！它们世世代代寻火而扑、在火中殉身，永不疲厌，是为了什么？以蚕的远亲蝴蝶来说，同一品种的蝴蝶，花纹世世代代均不改变，甚至身上的斑点不会多一个或少一个；而它们世世代代只吃花蜜，不肯改一下口味，这是为什么呢？

众生都有不能破除的执着，从小似无知的昆虫到大似灵敏的人，都是如此，众生的识执都有如海洋，广大、难以探测、不能理解。

在我们理想中的宁静、澄澈、深湛、光明的自性之海，要经过多么长远的时光，才能开显呀！

从一枚小小的桑叶、一只小小的蚕，我也照见了自己某些尚未破尽的烦恼。

第一流的人物，不在于拥有多少物，拥有多少情，而在于
能不能在旧物里找到新的启示，能不能在旧情里找到新的
智慧，进出无碍。

情困与物困

我的一个朋友，爱玉成痴。

他不管在何时何地见到一块好玉，总是想尽办法要据为己有，偏偏他又不是很富有的人，因此在收藏玉的过程中，吃了许多的苦头，有时到了节衣缩食三餐不继的地步。

有一回，他在一个古董商那里见到了一个白玉狮子，据说是汉朝的，不论玉质、雕工全是第一流的。我的朋友爱不忍释，工作也不太做了，每天都跑去看那块玉，看到眼睛都发出红火，人被一团火炙热地燃烧。

他要买那块玉，古董店的老板却不卖，几经折腾，最后，我的朋友牺牲了他所居住的房子，才买下了那个白玉狮子，自己租住在一个廉价的住宅区内。

　　他天天抱着白玉狮子睡觉，出门时也携带着，一遇到人就拿出来欣赏，自己单独的时候，也常常抚摸那座洁白无瑕的狮子发呆。除了这座狮子，他身上总随时带着他最心爱的几件收藏，有时候感觉到一个男子，从口袋里、腰带间、皮包内随时掏出几块玉来，真是不可思议的事。

　　他玩玉到了疯狂的地步，由于愈玩愈精，就更发现好玉之难求，因为好玉难求，所以投入了全部的当家，幸好他是个单身汉，否则连老婆也会被他当了。到最后，他房子也卖了，车子也没了，工作也丢了，为什么丢掉工作呢？说来简单："我要工作三年，才能买一件上好的玉，这样的工作不做也罢了！"

　　朋友成为家徒四壁的人，每天陪伴他的只有玉了。后来不成了，因为玉不能吃，不能穿，只好把他最心爱的玉里等级比较差的卖给别人，每卖一件就落一次泪，说："我买的时候是几倍的价钱，现在这么便宜让给别人，别人还嫌贵。"

　　有一次，他租房子的房东逼着要房租，逼得急了，他一时也找不到钱，就把白玉狮子拿了出来，说："这块玉非常的名贵，先押在你这里，等我筹足了房钱，再把它赎回来。"可惜他的房东是个老粗，对他说："俺要你这臭石头干什么！万一不小心打破了还嫌烦呢！你明天找房钱来，不然我把你丢出去！"

　　朋友对我讲这个故事的时候，泣不成声。在痴爱者眼中的白玉狮子是无可比拟的，可以用房子去换取，然而在平常百姓的眼中，它再名贵，也只是一块石头。

　　有一次我在台北"故宫博物院"看玉的展览，正好遇到了乡下的一个旅行团，几个乡下的阿姨看玉看得饶有兴味，我凑过去，发现她们正围着那个最有名的文物"翠玉白菜"观看，以下是她们对话的传真：

"哇！真巧，雕得和真的一模一样，上面还有一只肚猴呢！"

"这个刻得那么像，一个大概是值好几千块吧！"

一位看起来是权威人士的阿姨说："你嘛好了，不识字又兼不卫生，什么好几千，这一个一定要好几万才买得到！"

我把这个故事说给朋友听，他因此破涕为笑，我说："你看'故宫博物院'的好玉何止千万块，尤其是小品珍玩的部分，看起来就知道曾有一位爱玉的人在上面花下无数的心血，可是他死的时候不能带走一块玉，我们现在看那些玉也不能知道它曾经有过多少主人，对于玉，能够欣赏的人就算拥有了，何必一定要抱在手里呢？佛经里说'智者金石同一观'就是这个道理。"

"爱玉固然是最清雅的嗜好，但一个人爱玉成痴，和玩股票不能自拔，和沉迷于逸乐又有什么不同呢？"

朋友后来彻底地觉悟，仍然喜欢着玉，却不再被玉所困，只是有时他拿出随身的几块玉还会感慨起来。

物固然是足以困人，情更比物要厉害百倍。对于情的执迷，为情所困，就叫"痴"，痴是人世间的三毒之一（另外两毒是贪与嗔），情困到了深处，则三毒俱现，先是痴迷，而后贪爱，最后是嗔恨以终。情困是一切烦恼的根源，没有比这个更厉害了。

被情爱所系缚，被情爱所茧结，被情爱所迷惑，被情爱所执染，几乎是人间不可避免的，但当情爱已经消失的时候，自己还系缚茧结自己，自己还迷惑执着自己，这就是真正的情困。

有一次我遇到一位中年妇女，她的朋友都已经儿女成群，可是她没有结婚，没有结婚的理由很简单，因为她忘不了二十年前的一段初恋。

她的初恋有什么不凡吗？为何她不能忘却？其实也没有，只是一个少男一个少女在学校里互相认识了，发誓要长相厮守，最后这个男的离开了，少女独自过着孤单的心灵生活，一过就是二十年。

这么普通的故事，她也说得眼泪涟涟，接着她说："不过，这也都已经是过去的事了。"

我说："在时间上，你的故事已经过去了，实际上一点也没有过去，因为你的心灵还被困居在里面。到什么时候才算过去呢？就是你想起来的时候，充满了包容和宽谅，并且不为它所烦恼，那才是真正过去了。"

"做得到吗？"

"做得到的，在这个世界上为情沉溺的人固然很多，但从沉溺中走到光明的岸上的人也不少。因为他们救拔了自己，不为情所困。"

我把情说成是沉溺，把救拔说成是走到光明的河岸，是有道理的。我们在祝福一对新人时，最常用的一句话是"永浴爱河"。

"爱河"的譬喻出自《华严经》，《华严经》上说："随生死流，入大爱河。"为什么说是爱河呢？由于爱欲和河一样具有三种特性，一种是容易使人沉溺，不易自拔；第二种是爱欲的心就像河水一样，能浸染入最深的地方，例如我们用铁锤击石，石头会碎裂，但不能击碎每一个分子，可是如果我们把石头丢入河里浸染，它可以湿濡石头的任何一个分子，年深日久甚至把它们分解成粉末；第三种是难以渡越，不管是贩夫走卒，王公将相，都无法一步跨过河的对岸，同样地，要一步从情爱的束缚中走过也非常的不易。

我想起《杂阿含经》里记载的一个故事：有一次释迦牟尼对弟子说法，他问他们："你们认为是天下四个大海的水多，还是在过去遥远的日子里，因为和亲爱的人别离所流的眼泪多呢？"

释迦牟尼的意思是，从遥远的过去，一生而再生的轮回里，在人无数次的生涯中，都会遇到无数次离别的时刻，而流下数不尽的眼泪，比起来，究竟是四大海的海水多，还是人的眼泪多呢？

弟子回答说："我们常听见世尊的教化，所以知道，四个大海总量的总和，一定比不上在遥远的日子里，在无数次的生涯中，人为所爱者离别而流下的眼泪多。"

释迦牟尼非常高兴地称赞了弟子之后说："在遥远的过去中，在无数次的生涯中，一定反复不知多少次遇到过父母的死，那些眼泪累计起来，真不知有多少！在遥远的无数次生涯中，反复不知多少次遇到孩子的死，或者遇到朋友的死啊！或者遇到亲属的死啊！在每一个为所爱者的生死离别含悲而所流的眼泪，纵是以四个大海的海水，也不能相比啊！"

这是多么可叹可悲，人因为情苦与情困，不知道流下多少宝贵的泪珠。情困如此，物困亦足以令人落泪，束缚在情与物中的人固然处境堪怜，究竟不能算是第一流人物。什么是第一流人物呢？古人说："岭上多白云，只可自怡悦，不堪持赠君，自是第一流人物。"

第一流的人物看白云虽是至美，却不想拥有，只想心领神会，这是多么高的境界。当我们知道其实在今生今世，情如白云过隙，物则是梦幻泡影，那么还有什么可以抱老以终的呢？

　　第一流人物犹如一株香花，我们不能说这株花是花瓣香，也不能说是花茎香；我们不能说是花蕊香，也不能说是花粉香；当然不能说是花根香，也不能说是花叶香……因为花是一个整体，当我们说花香时，是整株花的香。困于情物的人，往往只见到了自己的那一株花里的一小部分的香，忘失了那株花，到后来失去了自己，因此，这样的人不能说是第一流的人物。

　　第一流的人物，不在于拥有多少物，拥有多少情，而在于能不能在旧物里找到新的启示，能不能在旧情里找到新的智慧，进出无碍。万一不幸我们正在困局里，那么想一想：如果我是一只蛹，即使我的茧是由黄金打造的，又有什么用呢？如果我是一只蝶，身上色彩缤纷，可以自在地飞翔，则即使在野地的花间，也能够快乐地生活，又哪里在乎小小的茧呢？

　　可叹的是，大多数人舍不得咬破那个茧，所以永远见不到真正的自我、真正的天空。

专心喝茶的人才能品出茶的滋味，无心于睡觉的人才不会失眠，
因此，我们遇到人生的转折时，若能无心于成败，专心于每一
个转折，我们就可以免除执着的捆绑了。

家舍即在途中

学道须是铁汉，着手心头便判；

通身虽是眼睛，也待红炉再煅。

鉏麑触树迷封，豫让藏身吞炭；

鹭飞影落秋江，风送芦花两岸。

——浮山法远禅师

有一位大学毕业的少女，非常向往记者的工作，于是去投考新闻机构。

她被录取了，但是由于没有记者的空缺，主管叫她暂时做一些为同事泡茶的工作，对一个满怀梦想的大学女生，只为大家泡茶，心里当然非常失望。

不过，她想到公司也不是有意轻视她，待遇也不错，就安慰自己：不用急,将来一定有机会的!于是坦然地去上班,每天为同事泡茶、倒茶。

三个月过去,她开始沉不住气了,心里总是对公司抱怨:"我好歹也是大学毕业呀!却天天来给你们泡茶。"这样一想,她泡茶时就不像从前愉快,泡出来的茶也一天不如一天,但她自己并没有发现。

又过了一段时间,有一天她泡好茶端给经理喝,经理喝了一口就大骂起来:"这茶是怎么泡的,难喝得要命,亏你还是大学毕业呢!连泡杯茶都不会!"

她真是气炸了,几乎哭出来:"谁要在这鬼地方继续泡茶呢?"正准备当场辞职的时候,突然来了重要的访客,必须好好招待,她只好收拾起不满与委屈,想反正要离开了,好好地泡一壶茶吧!于是认真泡一壶茶端出去,当她把茶端出去,随身要离开的时候,突然听到客人一声由衷的赞叹:

"哇!这茶泡得真好!"

别的同事(包括骂她的经理)都端起茶来喝,纷纷情不自禁地赞美:"这壶茶真的特别好喝!"

就在那一刻,她自己也呆住了:"只是小小一杯茶而已,竟然造成这么大的差异,或被上司大声斥骂,或被大家赞不绝口,这茶里显然有很深奥的学问,我要好好去研究……"

从此以后,她不但对水温、茶叶、茶量都悉心琢磨,就连同事的喜好、心情也细心体会,甚至连自己泡茶时的心情状态会带来的结果也了若指掌。很快地,她成为公司的灵魂人物,不久,她被升为经理,因为老板心里想:"泡茶时这么细心专心的人,一定是很精明难得的人才。"

这是日本禅师尾关宗园讲的一个真实故事,使我们发现生活中就有不可思议之处，不难了解其中的真意，同样的人、同样的茶可以产生完全不同的结果，造成结果的显然不是人，也不是茶，而是专心的投注和体验的心情。一个会泡茶的人与一般人不同的是，不论喜怒哀乐，他在泡茶时可以完全专心地融入，因此在茶里有了一体、无心之感，风味就得到展现了。

从前，我刚进一家大报馆工作，报社派给我的第一个工作是跑社会新闻，我去找总编辑，和他商量我的个性不适合打杀吵闹的社会新闻，较适合文教、副刊、艺术等工作，听完我的叙述他笑起来，说：

"没有人天生下来就是跑社会新闻的呀！所以你也可以跑。"

于是我跑过社会、艺术、科技、经济，甚至产业新闻，后来社内权力斗争，我被派到一个非常冷门的单位，一时没有位子给我，我跑去问："我到底可以做什么？"总编辑说："你只要每天按时来喝茶看报纸，时间到了就下班回家，每个月领一次薪水。"我真的每天专心地去喝茶看报，思考人生的意义，不久之后，我就离开报馆了。

"喝茶时喝茶""吃饭时吃饭""睡觉时睡觉"禅师们如是说，里面有深意在焉，分别就在于无心或有心，专心或散心。专心喝茶的人才能品出茶的滋味，无心于睡觉的人才不会失眠，因此，我们遇到人生的转折时，若能无心于成败，专心于每一个转折，我们就可以免除执着的捆绑了。

黄龙禅师说："我手何似佛手？"（没有人天生下来就要成佛的，所以我也可以成佛）"我脚何似驴脚？"（连泡茶这种小事都做得很好，一定是难得的人才）"阿那个是上座生缘？"（成佛或泡茶都是我的本来面目）。这样一参也就如是了。

特别在现代社会，大部分人从事的工作都不是自己热爱的，如果没有一些空间，就会陷入痛苦之境，禅心是在创造那个空间，使我们"家舍即在途中，途中不离家舍"，过一种如实的生活，若能专注地投入每一刹那，每一刹那都是人生的机会。

无常，才是花开花谢，是蝶生蝶灭最惊人的预示！

无常，也才是人世、山林、浊世、净土中最真实的风景。

花季与花祭

　　住在阳明山的朋友，在春天将过尽的时候，问我："今年怎么没有上山看花？花季已经结束了，仅剩一些残花呢！"言下颇有惋惜之情。

　　往年春天，我总会有一两次到阳明山去，或者去看花，或者去朋友家喝刚出炉的春茶，或者到白云山庄去饮沁人的兰花茶，或者到永明寺的庭院中冥想，或者到妙德兰若去俯视台北被浓烟灰云密蔽的万丈红尘。

　　当然，在花季里，主要的是看花了。每当在春气景明看到郁郁黄花、青青翠竹，洗过如蒸气洗涤的温泉水，再回到红尘滚滚的城市，就会有一种深刻的感慨，仿佛花季是浊世与净土的界限，只要一不小心就要沦入江湖了。

　　看完阳明山的花，那样繁盛、那样无忌、那样丰美，正像在人世灰黑的画图中抹过一道七彩霓虹，让我们下山之时，觉得尘世的烦琐与苦厄也能安忍地度过了。

阳明山每年的花季，对许多人来说因为是一场朝圣之旅，不只向外歌颂大化之美，也是在向内寻找逐渐淹没的心灵圣殿，企图拨开迷雾，看自己内心那朵枯萎中的花朵。花季的赶集因此成形，是以外在之花勾起心灵之花，以阳春的喜悦来抚平生活的苦恼，以七彩的色泽来弥补灰白的人生。

每年花季，我带着这样的心情上山，深感人世里每年花季，都是一种应该珍惜的奢侈，因而就宝爱着每一朵盛开或将开的花，走在山林之间，步子也就格外轻盈。呀！一年之中若是没有一些纯然看花的日子，生命就会失落自然送给我们的珍贵礼物。

可叹的是，二十年来赶花季的人，年年倍数增加，车子塞住了，在花季上山甚至成为艰难痛苦的事。好不容易颠踬上山，人比花多，人声比鸟声喧闹，有时几疑是站在人潮汹涌的忠孝东路。恶声恶状的计程车司机，来回阻拦的小贩，围在公园里唱卡拉 OK 的青年，满地的铝罐与宝特瓶……都会使游春赏花的心情霎时黯淡。

更令人吃惊的是，有时赏花到一半，突然冒出一棵树枝尽被折去，只余树顶三两朵残花的枯树。我一直苦思那花枝的下落而不可得，有一次在饶河街夜市看人卖梅花才知道了，大枝五十元，小枝三十元，卖的人信誓旦旦地说是阳明山上剪下来出售的。

心情的失去，也使我失去今年赏花的兴致。

住在山上的朋友则最怕花季。每年花季，上班与回家都成为人生的痛苦折磨，他说："下了山，怕回家；上了山，就不敢出来了。真是痛恨什么鬼花季呀!"因为花季,使住在花园的人不敢回家;因为花季,使真正爱花的人不敢上山赏花;因为花季,纯美的花成为庸俗人的庸俗祭品。真是可哀!

我想到,今年也差不多是花季的时候,我到美浓的"黄蝶翠谷"去看黄蝶,盘桓终日,竟连最小的一只黄蝶也未曾看见,只看到路边卖烤小鸟与香肠的小贩,甚至也有卖野生动物与蝴蝶标本的。翠谷里,则是满谷的人在捉鱼、捞虾、烤肉……翠谷不再翠绿了,黄蝶已经渺茫了,只留下一个感叹的无限悲哀的名字"黄蝶翠谷"。

陪我同去的哥哥说,这翠谷即将盖成水库,水库一建,更不可能有黄蝶了,附近美丽的双溪公园和高大的南洋杉都会被淹没,来这里的人多少是抱着一种朝圣的心情,好像寺庙将拆,大伙儿相约来烧最后的一炷晚香。

我的晚香就是我悲凉的心情。我用无奈的火苗点燃叫作惋惜、遗憾、心痛的三炷晚香,匆匆插在溪谷之中,预先悼念黄蝶的消失,就沉默地离开了。

花是前生的蝶,蝶是今生的花,它们相约在春天,一起寻访生命的记忆。蝶与花看起来是多么相似,一只蝶专注地吸食花蜜时,比花更艳静得像花;一朵花在晨风中摇动时,比蝶更翻飞得像蝶。因此,阳明山的花季和美浓溪谷的黄蝶,引起我的感伤也十分近似。

蝶的诞生、花的开放,其实是一种最好的示现,示现了人生的美丽的确短暂,在我们生命中一切的美丽真的只是一瞥。一眨眼间,黄蝶飘零,春花萎落,这是人生的无常,也是宇宙的无常。花季正是花祭,蝶生旋即蝶灭,只是赏花看蝶的人很少做这样的深思,因此很少人是庄子。

失去蝶的溪谷还有生机吗？

落了花的山林是不是一样美丽呢？

在如流如云的人生，在如雾如电的生活，偶然的一瞥是不是惊动我们的心灵呢？

我们不能深思，不能观照，因而在寻花、觅蝶的过程，心总是霸道的。我们既不怜香，也不能惜蝶，只是在人生中匆匆赶集，走着无明刚强的道路，蝶飞走的时候，再也没有人去溪谷，花凋零的时刻，再也无人上山了。

好不容易花季终于结束，梅雨季节正要来临，我决定找一个清晨到阳明山去。

"过两天我上山去看花祭。"我对朋友说。

"可是，花季已经结束了呀！"朋友说。

我说："花祭，是祭典的祭，不是季节的季。"

"喔！喔！"

心里常有花季的人，什么时候都是很好的，即使花都谢落，也有可观之处。

心里常有彩蝶的人，任何时候都充满颜色，有飞翔之姿。

"花都谢了，还有什么可看的呢？"朋友疑惑地说。

"看无常呀！"

无常，才是花开花谢，是蝶生蝶灭最惊人的预示！

无常，也才是人世、山林、浊世、净土中最真实的风景。

一个人在心理上不能得到解脱，往往是沉陷其中，不能自拔的结果，若愿意转一个弯，天地就自然清朗了。

不下棋的时候

学者恒沙无一悟，过在寻他舌头路；

欲得忘形泯踪迹，努力殷勤空里步。

——洞山良价禅师

有一个中年人，事业成功、家庭幸福，但是自己却非常的苦闷，又找不出苦闷的原因，这种内在的压力日渐加深，不禁使他对整个生命的价值感到疑惑，只好去向心理医生求助。

医生听了他的烦恼之后，开给他四帖药，分别装在不同的药袋里，对他说："你明天早上九点钟以前独自一个人到海边去，九点钟打开第一帖药服用，十二点吃第二帖药，下午三点和五点吃剩下的两帖药，然后天黑的时候回家，你的病就会好了。"

他听了医生的话，第二天一大早就独自到了海边，九点钟的时候打开第一帖药，发现里面有一张纸，写了两个字："谛听。"

这帖药出乎人的意料，他就坐在海边谛听，听到海浪拍打沙滩的声音，海风掠过的声音，海鸟觅食的声音……这些大自然的声音给他一种亲切宁静之感，突然惊觉，自己的生活已经很久没有谛听了。

到中午十二点，他打开第二帖药，上面写着："回忆。"他就坐在海边静静地思索着自己的童年与成长，那些辛苦的日子里，拥有的很少，却有很多的欢乐。想起一些童年的欢笑，使他展现了难得的笑靥。

下午三点，他服食的第三帖药是"检查你的动机"，他开始检查起自己是在什么情况下踏入社会？追求名利的动机何在？现在的情况是否合乎从前的动机？

他的第四帖药是"把你的烦恼写在沙滩上"，他随地捡了一块石头，把自己心中的烦恼与苦闷都写在沙滩上，眼看还没有写完的烦恼，一下子就被海浪抚平、冲走了。

黄昏的时候，中年人从海边愉快地回家，心里的苦闷也随之开朗了。

这是教育心理学上的一个个案，我觉得是对治现代人苦闷之病的很好药方，一个人在心理上不能得到解脱，往往是沉陷其中，不能自拔的结果，若愿意转一个弯，天地就自然清朗了。

从禅的角度来看，这个故事也很符合禅的心灵开发过程，"谛听"是"外观世音"，让自己与自然冥合；"回忆"是"内观自在"，在静虑中反观自己的心；"检查你的动机"则是"莫忘初心"，不忘失最初的念头，这种动机的检查是一种"承担"；"把烦恼写在沙滩上"则是"放下"，人生究竟的结局，不要说名利要放下，烦恼也要放下，为什么人总不愿意及早放下呢？

其实，这种训练，只是让我们从"当局者"跳跃出来成为"旁观者"，由迷转清而已。我们在看人下棋时，总是看到高超奥妙的棋路，但是一旦我们自己下棋，往往在焦虑的苦思里还走出荒疏的步数。那是由于我们旁观时不执着胜负，甚至不执着于棋，所以能冷静清澈地判断局面。

最好的棋手一定在下棋时有一种超乎自然的感性，在对峙中他不浮动焦急，局势不论好坏，他都保持泰然自若的态度；人生的棋也是如此，不被胜负所动，自然不会沉迷或波动了。

这也就是为什么像"谛听""回忆""检查动机""烦恼写在沙上"看起来没什么重要的课题，却往往是生命柳暗花明最重要的东西了。

在人生的步幅上，不是那么紧张有效的、实用利益的事物，事实上是在放松我们的心智，"放松"——舒坦坦地放在那里——有时正好是启发禅心的契机。

灵云禅师参禅参了二十几年，一直都不能开悟，有一天在禅定时抬头看到窗外盛开的桃花，突然之间，就开悟了。那一刹那的放松使他猛然地心念顿空，反观心性，就找到了，所以他写下这样的一首诗：

三十年来寻剑客，几回落叶又抽枝。

自从一见桃花后，直至如今更不疑。

灵云禅师和前面那一位到海边的中年人一样，是从"当局者迷"转到"旁观者清"的位置上，中年人知道怎么用更好的态度回来下人生的棋了，而灵云禅师则是开悟了广大的空性，事虽不同，理是一样的。

只是，我们有没有想过，要为苦闷的自己做一个什么样的扭转与放松呢？

这个世界的一切事物都只不过是偶然。在偶然之中，我们有时误以为是自己做主，其实是无自性的，在时空中偶然的生灭。

莲花汤匙

洗茶碟的时候，不小心打破了一根清朝的古董汤匙，心疼了好一阵子，仿佛是心里某一个角落跌碎一般。

那根汤匙是有一次在金门一家古董店找到的。那一次我们在山外的招待所，与招待我们的军官聊到古董，他说在金城有一家特别大的古董店，是由一位小学校长经营的，一定可以找到我想要的东西。

夜里九点多，我们坐军官的吉普车到金城去。金门到了晚上全面宵禁，整座城完全漆黑了，商店与民家偶尔有一盏灯光的电灯。由于地上的沉默与黑暗，更感觉到天上的明星与夜色有着晶莹的光明，天空是很美很美的灰蓝色。

到古董店时，"校长"正与几位朋友喝茶。院子里堆放着石磨、石槽、秤锤。房子里十分明亮，与外边的漆黑有着强烈的对比。

就像一般的古董店一样，名贵的古董都被收在玻璃柜子里，每日整理、擦拭。第二级的古董则在柜子上排成一排一排。我在那些摆着的名贵陶瓷、银器、铜器前绕了一圈，没见到我要的东西。后来"校长"带我到西厢去看，那些不是古董而是民间艺术品，因为没有整理，显得十分凌乱。

最后，我们到东厢去，校长说："这一间是还没有整理的东西，你慢慢看。"他大概已经嗅出我是不会买名贵古董的人，不再为我解说，到大厅里继续和朋友喝茶了。

这样，正合了我的意思，我便慢慢地在昏黄的灯光下寻索检视那些灰尘满布的老东西。我找到两个开着粉红色菊花的明式瓷碗，两个民初的粗陶大碗，一长串从前的渔民用来捕鱼的鱼网陶坠。蹲得脚酸，正准备离去时，看到地上的角落开着一朵粉红色的莲花。

拾起莲花，原来是一根汤匙，茎叶从匙把伸出去，在匙心开了一朵粉红色的莲花。卖古董的人说："是从前富贵人家喝莲子汤用的。"

买古董时有一个方法，就是挑到最喜欢的东西要不动声色，毫不在乎。结果，汤匙以五十元就买到了。

我非常喜欢那根莲花汤匙，在黑夜里赶车回山外的路上，感觉到金门的晚上真美，就好像一朵粉红色的莲花开在汤匙上。

回来，舍不得把汤匙收起来，经常拿出来用。每次用的时候就会想起，一百多年前或者曾有穿绣花鞋、戴簪珠花的少女在夏日的窗前迎风喝冰镇莲子汤，不禁感到时空的茫然。小小如一根汤匙，可能就流转过百年的时间，走过千百里空间，被许多不同的人使用，这算不算是一种轮回呢？如果依情缘来说，说不定在某一个前世我就用过这根汤匙，否则，怎么会千里迢迢跑到金门，而在最偏僻的角落与它相会呢？这样一想，使我怅然。

现在它竟落地成为七片。我把它们一一拾起，端视着不知道要不要把碎片收藏起来。对于一根汤匙，一旦破了就一点用处也没有了，就好像爱情一样，破碎便难以缝补，但是，曾经宝爱的东西总会有一点不舍的心情。

我想到，在从前的岁月里，不知道打破过多少汤匙，却从来没有一次像这一次，使我为汤匙而叹息。其实，所有的汤匙本来都是一块泥土，在它被匠人烧成的那一天就注定有一天会被打破。我的伤感，只不过是它正好在我的手里打破，而它正好画了一朵很美的莲花，正好又是一个古董罢了。

这个世界的一切事物都只不过是偶然。一撮泥土偶然被选取，偶然被烧成，偶然被我得到，偶然地被打破……在偶然之中，我们有时误以为是自己做主，其实是无自性的，在时空中偶然的生灭。

在偶然中，没有破与立的问题。我们总以为立是好的，破是坏的，其实不是这样。以古董为例，如果全世界的古董都不会破，古董终将一文不值。以花为例，如果所有的花都不会凋谢，那么花还会有什么价值呢？如果爱情都能不变，我们将不能珍惜爱情；如果人都不会死，我们必无法体会出生存的意义。然而也不能因为破立无端，就故意求破。大慧宗杲曾说："若要径截理会，需得这一念子噗地一破，方了得生死，方名悟入。然切不可存心待破。若存心破处，则永劫无有破时。但将妄想颠倒的心、思量分别的心、好生恶死的心、知见解会的心、欣静厌闹的心，一时按下。"

大慧说的是悟道的破，是要人回到主体的直观。在生活里不也是这样吗？一根汤匙，我们明知它会破，却不能存心待破，而是在未破之时真心地珍惜它，在破的时候去看清："呀，原来汤匙是泥土做的。"

这样我们便能知道僧肇所说的："不动真际为诸法立处。非离真而立处，立处即真也。然则道远乎哉？触事而真。圣远乎哉？体之即神。"（一个不动的真实才是诸法站立的地方。不是离开真实另有站立之处，而是每一个站立的地方都是真实的。每接触的事物都有真实，道哪里远呢？每有体验之际就有觉意，圣哪里遥远呀？）

我宝爱于一根汤匙，是由于它是古董，它又画了一朵我最喜欢的莲花，才使我因为心疼而失去真实的观察。如果回到因缘，僧肇也说得很好。他说："物从因缘故不有，缘起故不无，寻理即其然矣。所以然者，夫有若真有，有自常有，岂待缘而后有哉？譬彼真无，无自常无，岂待缘而后无也。若有不自有，待缘而后有者，故知有非真有。有非真有，虽有不可谓之有矣。"

一根莲花汤匙，若从因缘来看，不是真实的有，可是在缘起的那一刻又不是无的。一切有都不是真有，而是等待因缘才有，犹如一撮泥土成为一根汤匙需要许多因缘；一切无也不是真的无，就像一根汤匙破了，我们的记忆中它还是有的。

我们的情感，乃至于生命，也和一根汤匙没有两样，"捏一块泥，塑一个我"，我原是宇宙间的一把客尘，在某一个偶然中，被塑成生命，有知、情、意，看起来是有的、是独立的，但缘起缘灭，终又要散灭于大地。我有时候长夜坐着，看看四周的东西，在我面前的是一张清朝的桌子，我用来泡茶的壶是民初的，每一样都活得比我还久，就连架子上我在海边拾来的石头，是两亿七千万年前就存在于这个世界了。这样想时，就会悚然而惊，思及"世间无常，国土危脆"，感到人的生命是多么薄脆。

在因缘的无常里，在危脆的生命中，最能使我们坦然活着的，就是马祖道一说的"平常心"了。在行住坐卧、应机接物都有平常心地，知道"月影有若干，真月无若干；诸源水有若干，水性无若干；森罗万象有若干，虚空无若干；说道理有若干，无碍慧无若干。"（马祖语）找到真月，知道月的影子再多也是虚幻；看见水性，则一切水源都是源头活水……

三祖僧灿说："莫逐有缘，勿住空忍。一种平怀，泯然自尽。"这"一种平怀"说得真好。以一种平坦的怀抱来生活，来观照，那生命的一切烦恼与忧伤自然灭去了。

我把莲花汤匙的破片丢入垃圾桶，让它回到它来的地方。这时，我闻到了院子里的含笑花很香很香，一阵一阵，四散飞扬。

生活里有很多的挫败，只要能挺着，天就没有绝人之路。

时到时担当

在我的家乡有一句大家常用的俗话："时到时担当，没米就煮番薯汤。"这是一句乐观的、顺其自然的、大约是"船到桥头自然直"，或是"兵来将挡，水来土掩"的意思。

由于在家乡的时候听惯大人讲这句话，深深印在脑海，在我离开家乡以后，每次遇到有阻碍或困厄时，这句话就悄悄爬出来，对了，时到时担当，没米就煮番薯汤，有什么大不了。这样想起来，心就安定下来，反而能自然地渡过阻难与困厄。

幼年时代，我常听父亲说这一句话，有一回就忍不住问父亲："没米就煮番薯汤，如果连番薯也没有了，怎么办？"

父亲习惯地拍拍我的后脑勺，大笑起来："憨卤仔！人讲天无绝人之路，年头不可能坏到连番薯都长不出来呀！"

确实也是如此，我们在农田长大的孩子虽然经验过许多的风灾、水灾、旱灾，甚至大规模的虫害，番薯大概是永远不受害的作物，只要种下去，没有不收成的。因此，在我们乡下的做田人，都会留出一小块地种番薯，平时摘叶子作青菜，收成时就把番薯堆在家里的眠床下，以备不时之需。在我成长的年月，我的床下一年四季都堆满番薯，每天妈妈生火做饭时抓两个丢进炉灶底的火灰里，饭熟了，热腾腾香喷喷的焖番薯也好了。

即使是中日战争最激烈，逃空袭的那几年，番薯也没有一年歉收。

在我从前的经验里，年头真如父亲所言，不可能坏到连番薯都长不出来，推衍出来，我们知道生活里有很多的挫败，只要能挺着，天就没有绝人之路。

后来我更知道了，像"时到时担当，没米就煮番薯汤"。心里的慰安比实际的生活来得重要。只要在困难里可以坦然地活下去，就没有走不通的路，因此如何使自己的心宽广、乐观地应对生活，比汲汲营营地想过好日子来得重要，归根究底乃不是米或番薯的问题，而是心的态度罢了。

"时到时担当"不仅是台湾农民在生活中提炼的智慧，也非常吻合禅宗"当下即是""直下承担"的精神，此时此刻可以担当，就不必忧心往后的问题，因为彼时彼刻，我们也是如此承担。假如现在不能承担，对将来的忧心也都会无用而落空了。

禅的精神与生活实践的精神非常接近，是一种落实无伪的生活观。我们乡下还有一句俗话："要做牛，免惊无犁可拖。"意思是一个人只要肯吃苦，绝不怕没有工作，不怕不能生活。这往往是长辈用来安慰鼓励找不到工作的青年，肯把自己先放在最能承担的位置，那么还有什么可惊呢？

这句话也是令人动容的。牛马在乡下，永远是最艰苦承担的象征，不过，那最重的犁也只有牛马才能拖动。学佛者也是如此，只怕自己不能承担，何惧于无众生可度呢！这样想，就更能体会"欲为诸佛龙象，先做众生马牛"的深意了。

我们不能离开世间又想求得出离世间的智慧，因为"佛法在世间，不离世间觉，离世觅菩提，犹如求兔角"，我们要求最高的境界，只有从自己的生活、自己的周遭来承担来觉悟才有可能。

佛法中有"当位即妙""当相即道"的说法。所谓"当位即妙"，是不论何事，其位皆妙，就像良医所观，毒有毒之妙，药有药之妙。所谓"当相即道"，是说世间浅近的事相，都有深妙的道理。——世间凡事都有密意，即事而真，就看我们有没有智慧了。

"时到时担当，没米就煮番薯汤。"也应该作如是观，真到没有米必须吃番薯汤的时候，是不是也能无怨，品出番薯也有番薯的芳香，那才是真正的承担。

聚与散、幸福与悲哀、失望与希望，假如我们愿意品尝，样样都有滋味，样样都是生命中不可或缺的。

咸也好，淡也好

一个青年为着情感离别的苦痛来向我倾诉，气息哀怨，令人动容。等他说完，我说："人生里有离别是好事呀！"他茫然地望着我。

我说："如果没有离别，人就不能真正珍惜相聚的时刻；如果没有离别，人间就再也没有重逢的喜悦。离别从这个观点看，是好的。"

我们总是认为相聚是幸福的，离别便不免哀伤。但这幸福是比较而来，若没有哀伤作衬托，幸福的滋味也就不能体会了。

再从深一点的观点来思考，这世间有许多的"怨憎会"，在相聚时感到重大痛苦的人比比皆是，如果没有离别这件好事，他们不是要永受折磨，永远沉沦于恨海之中吗？

幸好，人生有离别。

因相聚而幸福的人，离别是好，使那些相思的泪都化成甜美的水晶。

因相聚而痛苦的人，离别最好，雾散云消看见了开阔的蓝天。

可以因缘离散，对处在苦难中的人，有时候正是生命的期待与盼望。

聚与散、幸福与悲哀、失望与希望，假如我们愿意品尝，样样都有滋味，样样都是生命中不可或缺的。

高僧弘一大师，晚年把生活与修行统合起来，过着随遇而安的生活。有一天，他的老友夏丏尊来拜访他，吃饭时，他只配一道咸菜。

夏丏尊不忍地问他："难道这咸菜不会太咸吗？"

"咸有咸的味道。"弘一大师回答道。

吃完饭后，弘一大师倒了一杯白开水喝，夏丏尊又问："没有茶叶吗？怎么喝这平淡的开水？"

弘一大师笑着说："开水虽淡，淡也有淡的味道。"

我觉得这个故事很能表达弘一大师的道风，夏丏尊因为和弘一大师是青年时代的好友，知道弘一大师在李叔同时代，有过歌舞繁华的日子，故有此问。弘一大师则早就超越咸淡的分别，这超越并不是没有味觉，而是真能品味咸菜的好滋味与开水的真清凉。

生命里的幸福是甜的，甜有甜的滋味。

情爱中的离别是咸的，咸有咸的滋味。

生活的平常是淡的，淡也有淡的滋味。

我对年轻人说："在人生里，我们只能随遇而安，来什么品味什么，有时候是没有能力选择的。就像我昨天在一个朋友家喝的茶真好，今天虽不能再喝那么好的茶，但只要有茶喝就很好了。如果连茶也没有，喝开水也是很好的事呀！"

Part 4
活出自己

人的伟大与否，和职业、地位，乃至身体的残缺都没有必然关系，就在我们生活四周，有许多卑微的小人物，他们也像路灯一样放射光明，教育我们，使我们能坦然走向一个有更高超志节的世界。

所谓『独乐』是一个人独处时也能欢喜，有心灵与生命的充实，就是一下午静静地坐着，也能安然；所谓『独醒』是不为众乐所迷惑，众人都认为应该过的生活方式，往往不一定适合我们，那么，何不独自醒着呢？

独乐与独醒

　　人生的朋友大致可以分成四种类型，一种是在欢乐的时候不会想到我们，只在痛苦无助的时候才来找我们分担，这样的朋友往往也最不能分担别人的痛苦，只愿别人都带给欢乐。他把痛苦都倾泻给别人，自己却很快地忘掉。

　　一种是他只在快乐的时候才找朋友，却把痛苦独自埋藏在内心，这样的朋友通常能善解别人的痛苦，当我们丢掉痛苦时，他却接住它。

　　一种是不管在什么时刻什么心情都需要别人共享，认为独乐乐不如众乐乐，独悲哀不如众悲哀，恋爱时急着向全世界的朋友宣告，失恋的时候也要立即告诸亲友。他永远有同行者，但他也很好奇好事，总希望朋友像他一样，把一切最私密的事对他倾诉。

　　还有一种朋友，他不会特别与人亲近，他有自己独特的生活方式，独自快乐、独自清醒，他胸怀广大、思虑细腻、品味优越，带着一些无法测知的神秘，他们做朋友最大的益处是善于聆听，像大海一样可以容受别人欢乐或苦痛的泻注，但自己不动不摇，由于他知道解决问题的关键，因此对别人的快乐鼓励，对苦痛伸出援手。

　　用水来做比喻，第一种是河流型，他们把一切自己制造的垃圾都流向大海；第二种是池塘型，他们善于收藏别人和自己的苦痛；第三种是波浪型，他们总是一波一波找上岸来，永远没有静止的时候；第四种是大海型，他们接纳百川，但不失自我。

　　当然，把朋友做这样的划分不是绝对的，因为朋友有千百种面目，这只是大致的类型罢了。

　　我们到底要交什么样的朋友？或者说，我们希望自己变成什么样的朋友？

　　卡莱尔·纪伯伦在《友谊》里有这样的两段对话："你的朋友是来回应你的需要的，他是你的田园，你以爱心播种，以感恩的心收成，他是你的餐桌和壁灯，因为你饥饿时去找他，又为求安宁寻他。""把你最好的给你的朋友，如果他一定要知道你的低潮，也让他知道你的高潮吧！如果只是为了消磨时间才找你的朋友，又有什么意思呢？找他共享生命吧！因为他满足你的需要，而不是填满你的空虚，让友谊的甜蜜中有欢笑和分享吧！因为心灵在琐事的露珠中，找到了它的清晨而变得清爽。"

　　在农业社会时代，友谊是单纯的，因为其中比较少有利害关系；在少年时代，友谊也是纯粹的，因为多的是心灵与精神的联系，很少有欲望的纠葛。

工业社会的中年人，友谊常成为复杂的纠缠，朋友一词也浮滥了，我们很难和一个人在海岸散步，互相倾听心灵；难得和一个人在茶屋里，谈一些纯粹的事物了，朋友成为群体一般，要在啤酒屋里大杯灌酒；在饭店里大口吃肉一起吆喝；甚至在卡拉 OK 这种黑暗的地方，寻唱着浮滥的心声。

从前，我们在有友谊的地方得到心的明净，得到抚慰与关怀，得到智慧与安宁。现在有许多时候，朋友反而使我们混浊、冷漠、失落、愚痴与不安。现代人在烦闷压迫匆忙的生活里，已经失去了从前对友谊的注视，大部分现代人都成为"河流型""池塘型""波浪型"的格局，要找有大海胸襟的人就很少了。

在现代社会，独乐与独醒就变得十分很重要，所谓"独乐"是一个人独处时也能欢喜，有心灵与生命的充实，就是一下午静静地坐着，也能安然；所谓"独醒"是不为众乐所迷惑，众人都认为应该过的生活方式，往往不一定适合我们，那么，何不独自醒着呢？

只有我们能独乐独醒，我们才能成为大海型的人，在河流冲来的时候、在池塘满水的时候、在波浪推过的时候，我们都能包容，并且不损及自身的清净。

纪伯伦如是说："你和朋友分手时，不要悲伤，因为你最爱的那些美质，他离开你时，你会觉得更明显，就好像爬山的人在平地上遥望高山，那山显得更清晰。"

黑白分明当然是最好的，可是黑白调和的时候画面上是灰色，黑白不分的时候画面上也是灰色，这两种灰色表面上没有不同，本质上却大不一样，纯粹只是一念之间的差别。

黑白笔记

　　在香港看伍迪·艾伦导演的新片《曼哈顿》，竟是一部黑白电影，他用黑白的色调来处理纽约最繁华的曼哈顿区中男女情感的种种问题，我看了以后颇有一些感触。这些感触一方面来自国内电影界对色彩的迷信，其实黑白电影拍得好绝对不会比色彩缤纷的电影逊色，因为其中有人性，还有人文精神。在人性里面，色彩显得多么无告呀！

　　也许在真实的人生里面，我们回顾过去的点点滴滴，色彩会慢慢褪去，到最后只剩下淡淡的黑白。我们想不出在离别的冬夜中，以前的伴侣穿什么颜色的服饰，只记得在那条暗黑的长巷中，惨白的街灯把影子拉得很长，天气冷得令人畏缩，巷子里只有两条被生活压扁的影子。甚至于，这些生活经过岁月风霜的涤滤，在我们苦痛的梦中，根本是没有颜色的。它有的只是"少年不识愁滋味"，颜色全部消隐，最后只剩下苏东坡《东栏梨花》词里"惆怅东栏一株雪，人生看得几清明"的境界了。事实上，当我们有勇气剪断情感的辫子时，所有的事物都变成黑白了。

《曼哈顿》给我的另一方面感触是，在现时代里，爱情逐渐成为一个空洞的名词。当人们要肯定它的时候，它逃遁了；当人们要否定它的时候，它又悄悄地来了。我看到伍迪·艾伦的妻子闹同性恋，莫名其妙地爱上另一个女人，致使伍迪的情感甚至人生顿失凭依，然后在曼哈顿的街头浮沉时，不禁哑然苦笑，在苦笑中有不少的辛酸。

回到台北以后，我还时常记得《曼哈顿》中的情节，现实生活里又发生了一件令人啼笑皆非的事。

我有一位朋友，退伍以后结婚，婚后一个月为了开创新生活到巴西去经商了。过了一个月，生活刚刚安定，他要把新婚的妻子也接到巴西去。他妻子要到巴西的那一天，他打扮得很整齐，到机场去接她，结果空等了一个下午，妻子没有来。他怀着怅然的心回家，却接到一份电报，电报是这样写的：

> 我在台北飞巴西的飞机上认识了一个男士，我决定和他共同生活，所以在巴西没有出机场，直飞巴拉圭，希望你阅电后马上到巴拉圭来办离婚。

我可怜的朋友接到他新婚妻子的电报，他以为是自己神经错乱，赶快淋了一个冷水澡，从巴西打长途电话给我，一个字一个字地读那封电报，最后连声音都呜咽了。他喃喃地说："怎么会这样？我怎么办？我怎么办！"

怎么办呢?

我说:"你带着那封电报到巴拉圭去办离婚吧!"

然后我们挂了电话。朋友婚礼的热闹、新娘幸福的笑脸,就在我们几分钟的长途电话里,在我脑中成为一幕黑白的纪录片。

朋友离婚后放弃了经商,到巴西乡下帮人种花。我可以想象到他在锦簇缤纷的花圃中黑白的落寞身影。他开始怀疑自己的才能,开始否定生命的意义与价值,所有理想的壮怀和人生的抱负几乎在这个情感的战役中崩溃,情感给人的压力之大真是令我不寒而栗。

我只能说,也许在我们每个人心里,都自认为是最好的人选,可是有的人并不要选择最好的。这就好像我们去逛百货公司,看到里面大部分货品都俗不可耐,高雅出众的服饰是很少见的。也许我们会问:为什么要生产这么多俗气的东西呢? 答案很简单:有的人并不要买最好的。你会发现,那些高雅出众的服饰往往被摆在最冷清的橱窗里。

在艺术上也是这样,汉唐的艺术多么高远,可是大部分的人却喜欢宋朝以后柔靡无力的文人画。那些以汉唐为念、不以宋后为宗的艺术家,往往要遭遇寂寞以终的命运。

对于"黑白",我有一个强烈的观念。黑白分明当然是最好的,可是黑白调和的时候画面上是灰色,黑白不分的时候画面上也是灰色,这两种灰色表面上没有不同,本质上却大不一样,纯粹只是一念之间的差别。情感的事也是如此,有很多时候,你明明想要那种黑白调和的灰色,可是笔锋一转,却往往得到黑白不分的灰色。这是无可奈何的事,因为它不是人力所能强为的,其中有许多人力所不能为的天机在——人被命运下着棋,不到最后一刻，料不到最后一步棋。

我记起小学时代，有一位美术老师死了妻子，他在教室里画他的自画像，画像上是一张白色的脸流着黑色的眼泪。老师的那一幅自画像经过二十年，在我脑中仍然没有褪色，我想，主要是他用的是黑白的关系。

我们常说人生是多彩多姿的，在我这些年的心境上感觉到人生的色彩是如此薄弱，到最后只留下黑白两色。有时候我们自己拿着调色盘面对这张黑白的画都不知道要怎么上色，踌躇了半天，天色暗了，满天都是白色的繁星，连月光下的大地都是一片黑白的清冷。

对于爱情，我们都太年轻了，而且我们永远太年轻，不
知道人活在这个世界上，爱情有多少面目。

落菊

他路过花店的时候，被一朵黄色的菊花深深地吸引了。

在花店里，他们常把新采的菊花放在一只极为粗大的钢桶里，所有的菊花挤在一处，那样大的一丛菊花，虽然没有什么插花的艺术，却远远地，就让人眼睛一亮。菊花在花店里不算是名贵的花，但由于它不易凋谢，格外给人一种好感，因此他路过家附近的花店，总是习惯性地看看那一大桶菊花。

那一天，他远远地就看出一桶菊花的不同来，因为其中有一朵开得特别粗大，有一般菊花的三倍大，足足像一只乡下经常使用的碗公。那朵菊花虽被密密的花包围着，却仿佛有一股力量，要尽量地开放出来。

他忍不住问起那位相熟的花店小姐："这菊花怎么开这么大，是不同的品种吗？"

"是一样的吧！送来就是这样大，我以前也没有看过这么巨大的菊花，今天还是第一次看见，这一朵可能是个变种。"卖花的小姐说。

"这一朵卖不卖呢？"

"当然是卖的，放着还不是要谢掉？"

小姐告诉他，桶里的菊花每朵三块钱，那巨大的一朵也不例外。他感到意外的廉价，遂用三块钱买了那一朵巨大无比的菊花，小心翼翼地捧回家，插在一只他最喜欢的翠绿玻璃花瓶里，每天读书读累了，他就呆呆地望着那一朵菊花，莫名地追索着：这是生长在哪里的菊花呢？是什么样的土地、什么样的环境才能突然地开出如此巨大的花朵？如果说花是有灵的，这朵花的前生是什么呢？为什么要开这样大的花来炫人眼目？

他异想天开，甚至细细地数着那朵菊花的花瓣，数得眼睛都花了，才算清那朵菊花一共有九十九片花瓣，他为这样奇妙的花而感动了，九十九这个数字，对菊花而言象征了什么呢？他为了使那朵菊花开得长久，每天换水的时候，总把它的基部剪去一些，以便它能吸取更多的水分。菊花果然愈开愈大，大到他那个细瘦的花瓶几乎不胜负荷。

那几日，因为回家可以看见那朵花，他总是吹着口哨回家。

有一天深夜，他很亲爱的一位朋友打电话给他，在话筒那一头呜咽地对他说："我快死了，快来救我吧！"他放下话筒，奔跑地去开了车，往朋友在郊区山上的住家驰去，为朋友的求救而感到不解。他的朋友原是个乐观的人，近几年在事业上十分得意，是朋友里少数富有的人，他虽然犹未结婚，却有一个相恋八年的女友，从学生时代就出双入对，令人羡慕。

朋友的父母都是大学教师，身体还算健朗，不至于发生意外。

最不可思议的是，他的朋友一向热心于帮助别人，大家有什么事业、爱情、婚姻的问题都常向他请教，他博闻强识、见多识广、言语机智，常能把人从垂死边缘中拯救出来——这样的人需要什么帮助？为什么要向人求救呢？

他看到朋友的一刹那，几乎呆住了。他的朋友整个人萎缩了，泪流了一脸，整个人和他的头发一样，全是松散而随时要掉落的样子。朋友看到他，紧紧抱住他，嘤嘤哭泣起来，像是一个孩子。朋友哭了半天，他才问："到底发生了什么事？"

"她走了，她离开我了。"朋友说完这句话，呜咽不能成声。

然后，他在朋友的哭声中，断断续续知道了朋友的故事。朋友相恋八年的女友刚刚向他表明了非离去不可的决心，理由非常简单也非常坚决：她爱上了另一个男人。那个男子和她相识才短短一个月。

那个男子是朋友的部属，是他公司里得力的助手，也是朋友一手提拔起来的。

那个男子几乎不能与他的朋友相比，没有朋友的财富，没有朋友的智慧，没有朋友的风趣，没有朋友的学位，没有朋友的能力，甚至也没有朋友长得帅气潇洒……朋友所有的优点，他都比不上。

"为什么她会爱上他呢？"他问。

"我也不知道，我思前想后，这八年来没有对不起她，自己也觉得在这个世界上我对她最好，我相信不可能有人会像我一样对她了。他们的认识还是在我家里我介绍的，没想到一个月的认识，就使我们八年的情感付诸流水。"朋友冷静地回想着，情绪逐渐恢复过来。

"那么她离开你去找他，一定会有个理由吧？"

"我问过她，希望她走之前告诉我一个理由，否则我死也不会瞑目，你猜她怎么说？"朋友黯淡的脸上现出一抹苦笑，"她告诉我，他从小是个孤儿，家里有一群弟妹要照顾，家中十分贫困，几乎全是半工半读完成学业。他没有相貌、没有财富、没有家庭，什么都没有，甚至没有谈过恋爱，然后她说，她离开我，我可以承受得住，因为我什么都有了，不差她一个；可是她如果拒绝他，他就什么都没有了——这是她坚持要离开我的理由。你说是不是很可笑？"

"你是不是真承受得住呢？"

"我怎么承受得住呢？我这么多年来的努力全是为了她，本来我们早就该结婚了，就是因为我想给她一个更好的生活才拖到现在，现在什么都完了，我不知道怎样才能活下去？可是她竟然说我已经成功了，她无法帮助我，可是她可以帮助他，他们可以一起成长……"

"你如果真的活不下去，真想死，就可以不用找我来了吧！"

"啊！啊！"朋友因生气而扭曲了脸孔，"我是可以死的，但是想到为一个离开我的女人而死，实在心有不甘，如果今天是她撞车死了，我就可以马上和她一起死！"

"你自己已经看破了这点，那就好办了，她走了以后你真正的感觉是什么呢？"

"我不甘心，我恨，我受屈辱，她如果找一个比我强的人去爱，我没有话说，偏偏找一个那样的人，这是最让我受伤的！"

　　"如果你原来爱的是一个极弱的人，那你第二次可能选择一个强的；可是你已经爱过一个很强的，是不是会想爱那个很弱的呢？你种两株花，你会先给那开得好的浇水，还是先给那萎弱的施肥呢？"

　　朋友沉默了起来，想了半天才说："其实，她的离开，我虽然很悲痛，但真正受伤的不是这个，真正受伤的是我对感情的整个信念崩溃了，我对人间的情感失去了信心，经过这一次，我一定不能再有一个像以前一样的爱了。"

　　"所有的花，在去年凋谢的时候，都会觉得它可能永远不会再开花了，可是到了春天，它们又不自觉地开起来。"

　　"可是总有不会再开的花吧！"

　　"没有，除非它死去，如果你要死，我愿意在旁边看。你死了以后，我会在你的墓碑上刻着：'这里躺着的是一个为爱殉情的人，这样的人在这个时代已经快绝种了。'"

　　"你以为我不会死？"

　　"你真的爱离开你的女人吗？"

　　朋友想了一下，点点头。

　　"你爱她就不应该死，因为你死了你就永远没有机会看见她；她则有两种可能，一种是因为你的死痛苦一辈子，另一种是看不起你，觉得她后来的选择没有错。最坏的情况是，你的死她觉得无所谓，那么你的死是不是毫无意义呢？"

　　"可是，如果我不死，我要怎么过下去？他是我的部属，我如果因为这件事把他开除，别人会认为我没有风度；如果我继续用他，我不是要痛苦一辈子吗？"

"假如你不是这么有风度，她也不会跑掉；你要重新开始，你的风度又算什么呢？"

"这是多么可怕的事呀！你最爱的人要离开你，你却毫无能力抓住她，只是眼睁睁地看着她的背影从你的眼前消失，请她多回头看一眼也办不到。"朋友褪去了忧伤，感叹地说。

"在冬天的时候，每一棵树都希望它的叶子不要落下去，却总是眼睁睁看叶子落光，自己要在毫无遮掩的枯枝下过冬，可是在心底保留一个希望，希望春天的时候长新的芽。朋友，爱情是有季节的，天底下没有永远的春天。我常常说爱情在人生里，好像穿了一件高贵的礼服，是那样庄严、美丽、华贵、令人向往，但没有人能一生都穿着礼服的。"

谈话的时候，朋友临窗的山水之间突然泛起了白色，天已经明亮起来。他站起来拍拍朋友的肩膀说："你已经得救了，以后的事只有靠你自己。"

他回到家的时候，意外地发现房中的那一朵巨大的菊花，已经在一夜之间谢了，花瓣落得满桌都是。他心疼而怜惜地看着那些落了的花瓣，发现九十九瓣里面，没有一瓣掉落的方向是一样的。距离也各自不同，有的落得很远，好像被风吹过了一样。他想着：这开在同一朵花上的花瓣落下的方向都没有一瓣一样，何况是人呢？人间没有两个爱情故事是相同的吧！正像谢了的菊花，大部分爱情都会凋谢，却没有两个是完全相同地落在一处。

"对于爱情，我们都太年轻了，而且我们永远太年轻，不知道人活在这个世界上，爱情有多少面目。"他扫菊花时，心里这样感叹着。

人人关于生命的纸都一样，长三尺，宽一尺半，只有一张纸，
只有一次机会，写坏了不准涂改，所以我们应该坐下来想一想，
再来着墨呀！

墨趣

在日本，朋友带我去参观一个"书道"教室，他们正在办展览，在教室的四周全挂满了书法，是用汉字写的，每一幅书法的尺寸都一样，长三尺，宽一尺半。

更有趣的是，所有展出的书法都只有两个字，就是"墨趣"。但字体的差异极大，有大有小，有竖有横，而且正、隶、行、草无所不包。

那些书法字体虽无所不包，而且也知道全是学生的作品，从字面上看来，却仿佛看到每一幅字都是用尽全力似的，我们中国人形容书法之美，常用"力透纸背""铁画银钩""龙飞凤舞"，这些毛笔字全合于这几个形容词。可以看出都是练书法有一段时间之后的作品。

主持的人向我们介绍，这一次的展览全是同一次上课的成果，他们规定学生在一小时中只写"墨趣"两个字，除了纸张的尺寸之外，其余的完全自由，但是每个人只有一张纸，写坏了不准涂改，人人只有一次机会。

为什么做这样的规定呢？

主持的人说："那是为了让学生了解思考和专注对于写字的重要，一小时写十个字是容易的，但一小时只写两个字就难了，通常学生会坐在纸前思考很久，落笔时就非常地专心，往往能写出比平常时候境界更好的作品。"

在事前也并未对学生说明要展览的事，事后把所有的作品展览出来，学生便可以互相观摩，看看同样写两个字，别人用什么态度和心情来写，并且可以从字的安排来看见字体与空间的关联性。

"空间是非常重要的，一个人在写字时了解到空间之美，在生活上就很容易从各层次了解到空间的美了。"主持人对我们说。

当我知道，在这个书道教室中学书法的学生大部分是中年人，更令我感到吃惊。他们利用空闲时间来练书法，不只是要把字练好而已，而是确信书道有静心的作用。所以一般日本的书道教室不仅教写字，也教静心，每次把文房工具铺在矮桌子上，学生先对着白纸静心一段时间，才开始写字。

"心静则字好。"那位白发苍苍的书道教室主人严肃地说，透过翻译，听起来就像格言一样。

据老先生说，他们也时常做别种形式的教学，例如让学生不经过静心就开始练字，使学生了解静心对于书道的重要；或者让学生在一小时里写一百个字，用以和一小时写两个字做比较，使学生了解专注思考的重要性。

"一直到学生体会到'静心'与'专注'的重要时，他才可以正确地了解到'空'并不是一无所有，我们写的是'书'，而介于字与字间的空才是'道'。"

从书道教室出来，我的心中颇有感怀，书法原是中国的产物，可是在我国正逐渐地没落，甚至连小学的书法课都要取消，在日本竟然还如此兴盛，那是他们把普通的写毛笔字和"道"相结合，并使其有了一个深远的思想与艺术的内涵。

我想到多年以前，与画家欧豪年一起到东京，欧先生由于写了一手好字，大受日本人崇敬，许多人为了请他在书上题字，甚至排队买他定价上万元的画册。

但是，欧豪年先生告诉我，多年来，他写字、画画的工具全是购自东京银座的"鸠居堂"，不用台湾生产的纸笔墨砚，是由于我们在纸笔墨的制造上实在远逊于日本。我曾与欧先生同赴"鸠居堂"，那是一幢专卖书画用具的大楼，有选自世界各地的笔、墨、纸、砚，看得人眼花缭乱，感叹日本在短短数十年间，成为世界经济与文化的大国，不是没有原因的。

在全世界地价最昂贵的银座，有专卖笔墨的百货公司，也可见书道之盛。

日本禅学大师铃木大拙曾指出：所有的日本艺术和日本文化最显著的特色，全是来自禅道的基本认识，而且禅道所把握的从内而外展现生命与艺术的能力，正是东方人气质中最特殊的东西。

我十分羡慕日本人在接到中国禅宗的棒子之后，把禅无所不在地融入生活与艺术之中，像建筑、园艺、戏剧、绘画、书法，乃至诗歌、饮茶、武艺等等，到处都是禅的影子，我们甚至可以说日本的美学就是"禅的美学"。

在生活里也是一样，日本人似乎不论贫富，都十分注重生活与空间的细节，即使在深山的民居，也都是一丝不苟、纤尘不染，颇有禅宗那种纯粹的、孤寂的味道。

我想可以这样说，日本禅虽传自中国，主体是中国禅的承袭，但他们在"用"的方面做得淋漓尽致，这一点，实在是令人自叹不如的。

从日本回来后，我每次写字面对棉纸的时候，就会想到"一小时写两个字"和"一小时写一百个字"是大有不同的，这就好像是人生的过程，散步与快跑也是大有不同，不过，舒缓一些、专注一些、轻松一些，总是对人的身心比较有益。我也想到，"静心"与"思考"不只对于书道有用，人应该使静心与思考成为本分，成为生活的一部分，接待每一刻的时间就好像接待一位远来的贵宾，要静定心神、清除杂念，把最好、最纯净、最优美的心情拿出来款待名叫"时间"的这位贵宾，因为他和我们相会只是一刹那，立刻就要远行，并且永远不会回来接受第二次的款待了。

若写字，有这种好心情、庆祝的心情、迎接贵宾的心情，那么每一个字都会有道的展现，每一个字都有人格的芳香。

一个字，就足以显示个人生命与万有空间的庄严。

一朵花，就足以显示整个春天的美丽。

一角日光，就足以显示宇宙的温暖与辉煌。

一片落叶，就足以显示秋天飞舞着的萧瑟。

一瓣白雪，就足以显示了，大约在冬季的一切信息呀！

大地原是纸砚，因缘的变迁则是笔墨，就在我们行住坐卧的地方，便有墨趣。

宇宙万有的墨趣，正是禅的表现；寻常生活的墨趣，则是禅的象征。

在每一个静心的地方、思维的地方、专注的地方、观照的地方，禅意正在彼处。

人人关于生命的纸都一样，长三尺，宽一尺半，只有一张纸，只有一次机会，写坏了不准涂改，所以我们应该坐下来想一想，再来着墨呀！

有了它，我们看到自己，没有它，我们看见世界，如何在用不用水银时善于选择，就可以让我们和世界维持和谐圆满，又不失去自在自我。

心里的水银

　　有一个人搬进新房子，一直因为自己的书房太小而苦恼不已，后来他想出一个方法，就是在书房四周镶上镜子。

　　初开始的时候，果然觉得书房大了不少，过了一段时间，书房又一天天地小起来。他每天在书房里苦思答案，事实上书房的空间并没有增加也未减少，为什么从前感觉小，装镜子感觉大，现在又感觉小了呢？

　　这种对书房奇特的感受，竟使他无法安心工作，加上每一转身就看见镜中的自己，日久月深，使他连转身都感到困难了，到最后视进书房为畏途。

　　有一天他遇到一位有智慧的禅师，请师父去看他的书房，师父看了后说："你的书房四周都是镜子，每天只看到自己，没有看到别的事物，感觉当然小了。你多抬头看看世界，少顾盼自己，书房一定会大起来，你何不把镜子里的水银拿掉呢？"

那人听了若有所悟，把书房临街的两边打掉，装了两扇落地窗，书房果然整个开阔起来，他每天都站在落地窗前，看外面的景象与人车，到后来使他把落地窗前的观赏成为书房唯一的乐趣，竟无法安心坐在书桌前沉思和读书了。他又重新陷入苦恼，最后还是去找禅师。

他说："师父，您叫我开了窗，书房是大了，但是我现在每天都坐在窗前，不能安心工作了，到底怎么办？"

禅师说："你何不给心里装上水银呢？"

他茫然地看着禅师。

禅师说："一个人面对外面的世界时，需要的是窗子；一个人面对自我时，需要的是镜子。面对外面用窗才能看见世界的明亮，面对自我用镜子才能看见自己的污点。其实，窗或镜子并不重要，重要的是你的心，你的心广大，书房就大了；你的心明亮，世界就明亮了；你的心如窗，就看见世界；你的心如镜，就观照了自我。"

他又说："那，我应该怎么办呢？"

禅师笑一笑，站起来把窗关上，说："有了窗，可以开，也可以关；有了镜子，可以照，也可以不照。"

记得我在读小学时，教室前面有一面比人还高的镜子，上面写了"明心见性"四个大字。那面镜子是用来惩罚犯错的同学，我和同学都很怕去照那面镜子，因为往往一照就是一小时，一小时只看自己的脸，真让人想念外面的世界，那时我就想：这如果是一扇窗，不知道有多好？

可惜那不是一扇窗，而我们照了半天镜子也没有明心见性，那是由于照镜子时我们想着外面的世界，而看窗的时候我们又迷失了自己。

水银与玻璃的关系真是奇妙，有了它，我们看到自己，没有它，我们看见世界，如何在用不用水银时善于选择，就可以让我们和世界维持和谐圆满，又不失去自在自我。所以善用我们心的水银吧！让它应该流动时流动，宜于静止时静止。

可叹的是，生活在现代社会的人，不要说善用水银与玻璃的关系，有很多人从没有打开心里的窗和照过心中之镜。我们在餐厅、浴室、电梯都装满镜子，却很少人用心反观自己，在每一幢大楼都装了满满的窗，也很少人清楚地观照世界。我们建造了玻璃与水银的围墙，心窗心镜反而失落了。

人生包含两部分，一部分是往事，是一场梦，一部分
是未来，是一点儿希望。

青铜时代

近代雕刻大师罗丹，有一件早年的作品《青铜时代》（The Age Of Bronze），是我十分喜爱的雕刻作品。这件作品雕的是一个青年的裸像，他的右手紧紧抓着头发，左手握紧拳头，头部向着远方和高处，眼睛尚未睁开，右脚的步伐在举与未举之间，巴黎大学教授熊秉明说这件作品"年轻的躯体还在沉睡与清醒之间，全身的肌肉也都在沉睡与清醒之间，眼睛还没有睁开，尚未看到外界，当然尚未看到敌人与爱人，像一个刚刚成熟的蛹，开始辗转蠕动，顷刻间便要冲破茧壳，跳入广阔的世界"。

他还说："好像火车头的蒸汽锅已经烧足火力，只还没有开闸发动。"他并且评述说："我想老年的罗丹就再做不出《青铜时代》来。只有少壮的雕刻家的手和心才能塑出如此少壮生命的仪态和心态。"熊秉明先生在

　　《罗丹日记择抄》中所做的对《青铜时代》的观察与评论都非常深刻，使我想起去年在美国华盛顿国家美术馆看罗丹的雕刻大展，当时最吸引我注意的是《青铜时代》与《沉思者》两件作品。《沉思者》刻着一个中年人支着下巴在幽思，是最广为人知的罗丹作品，也是罗丹风格奠定以后的杰作，《青铜时代》则是鲜为人知，有许多罗丹的画册甚至没有这件作品，老实说，我自己喜爱《青铜时代》是远胜于《沉思者》的。

　　在美术馆里，我从《青铜时代》走到《沉思者》，再走回来，往来反复地看这两件作品，希望找出为什么我偏爱罗丹"少作"胜过"名作"的理由，后来我站在高一百八十一公分与真人同大的《青铜时代》面前，仿佛看到自己还未起步时青春璀璨的岁月，我发现我爱《青铜时代》是因为它充满了未知的可能，它可以默默无闻，也能灿然放光；它可以渺小如一粒沙，也能高大像一座山；它可能在迈步时就跌倒，也可能走到浩浩远方；它说不定短暂，但或者也会不朽……因为，它到底只走了生命的一小段。

　　《沉思者》却不同，它坐着虽有一百八十六公分高，肌肉也十分强健，但到底已经走到生命的一半，必须坐下来反省了，由于它有了太多的反省，生命的可能性减弱了，也阻碍了行动的勇猛。两者之间的差别是很大的，不管怎么样，青年总比中年有更大的天空，它真像刚刚出炉的青铜，敲起来铿然有声，清脆悦耳，到了中年，就不免要坐下来沉思自己身上的铜锈了。

　　看《青铜时代》与《沉思者》使我想起一句阿拉伯成语："人生包含两部分，一部分是往事，是一场梦；一部分是未来，是一点儿希望。"对刚刚起步的青年，未来的希望浓厚，对坐在椅子上沉思的中年，就大半是往事的梦了。

不久前，有一位在大学读书的青年来找我，他对铺展在前面的路感觉到徘徊、惶恐、无依，不知如何去走未来的路。我想，每个人的青年时代都要面临这样的考验，在青年时就走得很平稳的人几乎没有。有人说《青铜时代》是罗丹青年时期的自塑像，即使像他这样的大艺术家，显然也经过相当长久的挣扎，没有青铜时代的挣扎与试炼，就没有后来的罗丹。

现代人每天几乎都会在镜子前面照见自己的面影，这张普通的日日相对的脸，都曾经扬散过青春的光与热，可怕的不是青春时的不稳，可怕的乃是青春的缓缓退去。这时，"英雄的野心"是很重要的，就是塑造自己把握时势的野心，这样过了青春，才能无怨。

我曾注意观察一群儿童捏泥巴，他们捏出来的作品也许是童稚的、不成熟的，但我可以在那泥巴里看见他们旺盛茁长的生命与充满美好的希望。而从来没有一位儿童在看人捏泥巴时不自己动手，肯坐在一旁沉思。

每个人的青年期都平凡如一团泥巴，只看如何去捏塑。罗丹之成为伟大的艺术家，那是他把人人有过的泥巴、石头、青铜一再地来见证自己的生命，终于成就了自己。

能这样想，才能从《青铜时代》体会到更大的启示，一个升火待发的火车头总比一部行到终点的车头更能令人动容。

人的伟大与否，和职业、地位，乃至身体的残缺都没有必然关系，就在我们生活四周，有许多卑微的小人物，他们也像路灯一样放射光明，教育我们，使我们能坦然走向一个有更高超志节的世界。

人格者

一位从年轻时代就以帮人按摩维生的盲眼阿婆，一直住在小镇的郊外，有一天她带着积蓄到镇里找水电行的老板。

"陈老板，可不可以在我家前的路上装几盏路灯？"阿婆说。

水电行老板感到非常吃惊，说："阿婆，您的眼睛看不见，装路灯要干什么？"

"从前，我住的地方偏僻，没有人路过，所以不觉得有装灯的必要，加上那时生活苦，也没有多余的钱装灯。现在我存了一些钱，而且从那里过的人愈来愈多，为了让别人走路方便，请您来帮忙装几盏灯吧！"阿婆说。

陈老板听了很感动，只收工本费来为阿婆装路灯。

盲眼阿婆要装路灯的消息，第二天就传遍了全镇，所有的人都被阿婆的善心感动了，主动来参加装灯行动，大家纷纷捐钱，热烈的程度超过想象。因为每个人都在心里想着："盲眼人都想到要照亮别人，何况是我们这些好眼睛的人呢？"

结果，阿婆家外的路灯不但全装起来了，马路扩宽了，通往郊外的木板桥也改成水泥桥，连阿婆的木屋都被用砖头水泥重砌，成为一个又美丽又坚固的房子。

盲眼阿婆做梦也没有想到，只是因为小小的一念善心，竟使得整个小镇都变得光明而美丽，并且燃烧了大家心里的火种，在那装灯铺路的一段日子里，镇上的人活得充实而快乐，知道了布施使一个人壮大而尊严，充满人格的光辉。

后来，盲眼阿婆死了，但是在那小镇上，每个人走过她家门前的马路，立即记起那小屋里曾住过一位伟大的人，一代一代过去，家长总是以盲眼阿婆的爱心作为教育孩子的典范，使得那小镇许多年后还是一个满溢爱心的小镇，少年孩子走过盲眼婆婆的路灯下，在深黑的夜里，没有不动容的。

这个故事告诉我们，人的伟大与否，和职业、地位，乃至身体的残缺都没有必然关系，就在我们生活四周，有许多卑微的小人物，他们也像路灯一样放射光明，教育我们，使我们能坦然走向一个有更高超志节的世界。

在台湾乡间，把那些道德节操令人崇敬的人称为"人格者"，他们生活在各阶层，没有一定的面目，唯一相同的是，他们的人格不可侵犯，不论在多么恶劣的情况下，他们都不出卖自己，并且在处境最坏的时候还能关心别人。一听到"人格者"这句话，真能令人肃然起敬。

记得我的父亲过世时，在墓地上，一位长辈走过来拍我的肩，对我说："你爸爸是一个人格者。"这句话使我痛哭失声，充满了感恩。我想，一个人如果被称为"人格者"，他在这世界就没有白走一遭。

在农田、在市场中、在许多小人物中间，有许多人格者，才使台湾乡土变得美丽而温暖，他们以生命直接照耀我们、引我们前行。

可悲的是，进入商业社会的台湾小城，人格者一天比一天难找了。是不是让我们现在就来立志，一起来继承"人格者"的传统呢？

Part 5
离苦得乐

我们的船还要前航，扯起逆风的帆，在山水之间听听杜鹃鸟伤心的啼声，听久了，那啼声不觉也有超越的飞扬的尾音。

在痛苦、悲哀、烦恼、无聊的困局之中，我们突然有所转化、超越，与领悟，就在那一刻，人生变得破墨淋漓；就在那一刻，笔落惊风雨，一笔定江山，整个人生就金碧而辉煌了；也就在那一刻，繁华落尽见真淳，春城无处不飞花了。

墨与金

带孩子去看一个绘画联展，看到一幅只画了几笔的水墨画，孩子不解地问我："这画只画了几笔怎么标价十万，旁边那一幅画得又大、又满、彩色又多，为什么只标价五万呢？"

一时使我怔在当地，我说："那是因为画这幅画的人比较有名，当然画就比较贵了。"

"有名的人也不能这样画两三笔就交差了事呀！"孩子天真地说。

我不知道要怎么样才能对孩子说，什么是"工笔画"、什么是"写意画"，或者如果要谈画价订定的标准，也是说不清的。只好说："画的价钱是由画家自己制定的，他认为自己的画值十万，就是十万了。就像我们买一包面纸，有的卖五元、有的卖十元。"

孩子点头称是。

走出展览会场的时候，我想起从前读中国美术史，读到两个不同的派别，一个是以李思训为代表的"金碧山水"，一个是以与李思训同时代的王维为代表的"破墨山水"。

金碧山水崇尚华丽辉煌，笔格艳雅、金碧辉映，有富贵气象，作品极尽工整细润缜密富丽之能事，常常全幅着色，密不透风，有时还要用金粉银粉做颜料，到处布满泥金，所以后代的人把这一派的画风称为"挥金如土"，也叫作"北宗山水"。

破墨山水则充满了抒情的田园情调，也糅和了恬淡的诗意，被称为"南宗山水"。这一派的山水到五代的李成更为突出，他被誉为"扫千里于咫尺，写万趣于指下""峰峦林屋皆以淡墨为之，而水天空处全用粉填"，他的笔墨清淡，成名甚早，有许多王公贵族向他求画，他说："吾，儒者！粗知去就，性爱山水，弄笔自适耳，岂能奔走豪士之门与工技同处哉！"他这种爱惜笔墨的态度，被称为"惜墨如金"。

经过千年，我们回来看"墨"和"金"的关联，使我们知道，"挥金如土"和"惜墨如金"并没有高下之别，只要一幅画作得好，金碧也好，破墨也好，都有很高的价值。

我想到有一次，应朋友楚戈的安排，到故宫仓库去看历代馆藏的佛经，这些佛经有的用墨书写，有的研黄金为泥书写，一般人听到是黄金为泥书写，甚至有用金丝刺绣的，都会觉得价值极高，但楚戈另有卓见，他说："只要是名家笔墨，写得好，比黄金还贵重呀！"

确是如此，若以生命的绘图来看，一个人用生活的笔蘸墨汁来写生命的篇章，或是用黄金做泥来图绘生命的图像，用的材料固然不同，但只要写得好，就有高超的价值。在这个世界上，大部分人没有机会画出金碧山水，但是如果破墨泼得好，一样能绘出一幅好画。

不管人可以拥有多少东西，回归到基本的生活都是相近的，只是吃好、穿暖、居安、行健的琐事。记得曾被《美国经济》杂志评选为全世界首富的日本森建设公司董事长森泰吉郎吗？他拥有东京黄金地段的八十二幢大楼，资产现值日币二兆一千亿元，写成阿拉伯数字共有十三位数，是我们难以想象的财富。

但是，这世界第一大富翁，每星期上班三天，每天自带便当在办公室进食，认为"对不必要的东西花钱就是奢侈"。他今年八十七岁还卖力工作，不知老之将至。

记者访问他：目前最想要的东西是什么？

他诚实地说：是"时间"。

日本的经营之神松下幸之助，有一次应邀到东京大学演讲，开场白是："大家都想追求财富，但是现在我愿意用我所有的财富，和各位其中任何一位，来换取青春。"

对于有上兆金银的人，财富只是墨一样的东西，时间才是真正的黄金。

因此，"墨"与"金"是相对的，就好像生命历程所遭遇的祸福也是相对的，欢乐与苦痛是相对的，烦恼与智慧是相对的，贫与富也是相对的，善处相对之理的人，即使淡墨也能贵如黄金，不能善知相对之理的人，则黄金也如粪土。

贫富的相对，在佛经上说："知足者贫而富，不知足者富而贫。"

苦乐的相对，《贞观政要》里说："乐不可极，极乐成哀；欲不可纵，纵欲成灾。"

祸福的相对，《老子说》："祸兮福之所倚，福兮祸之所伏。"

《淮南子》说："福之为祸，祸之为福，化不可极。"

时运的相对，《警世通言》说："运去黄金失色，时来铁也生光。"

青春与黄金的相对，苏东坡的诗里说："黄金可成河可塞，只有霜鬓无由玄。"

烦恼与智慧的相对，佛经里说："烦恼即菩提。"甚且以莲花做譬喻说："高原陆地不生莲华，卑湿淤泥乃生此华？……当知一切烦恼为如来种，譬如不下巨海，不能得无价宝珠；如是不入烦恼大海，则不能得一切智宝。"

在人生的这一幅画图里，善绘的人，笔笔都是黄金，不会画的人，即使以金泥为墨，也不能作出好画。

或者是巧合吧！"挥金如土"的金碧山水叫"北宗"，与神秀禅师渐悟修行的风格一样，也叫"北宗"；"惜墨如金"的破墨山水叫"南宗"，与六祖慧能的顿悟主张一样，也叫"南宗"。不管南宗北宗，能契机随缘，都能使人在生命中有所开悟，不能契机随缘，再好的宗法也免不了错身而过，失之交臂。

在我的书桌上，写了四句座右铭：

　　痛苦是解脱的开始，

　　悲哀是慈悲的开端，

　　烦恼是智慧的泉源，

无聊是伟大的起步。

在痛苦、悲哀、烦恼、无聊的困局之中，我们突然有所转化、超越，与领悟，就在那一刻，人生变得破墨淋漓；就在那一刻，笔落惊风雨，一笔定江山，整个人生就金碧而辉煌了；也就在那一刻，繁华落尽见真淳，春城无处不飞花了。

那"一朵忽先发，百花皆后香"的一刻呀！使我想起杜甫的《春夜喜雨》诗：

好雨知时节，当春乃发生。

随风潜入夜，润物细无声。

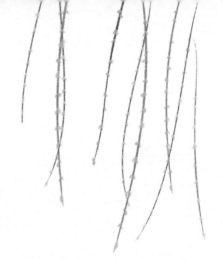

我们在生命过程中所遇到的挫折，使我们觉得自己是全世界最苦的人，那是因为我们还没有经历过更巨大的苦难。

伤心渡口

一朵花

在晨光中

坦然开放

是多么从容！

在无风的午后

静静凋落

是多么地镇定！

从盛放到凋谢

都一样温柔轻巧！

春天的午后，阳光晴好，我在书房里喝茶，看着远方阳光落在山林变化的颜色。

有一位年轻的朋友来访，开门的时候我吃了一惊，她原来娟好清朗的脸上，好像春天的花园突被狂风扫过，花朵落了一地那样萧索狼藉。

我们对坐着，一句话还没有说，她已经泪流满面了，而对这样的情况我除了陪着心酸，总说不出什么话。在抬眼的时候，想起许多许多年前一个午后，我去看一个朋友，也是未语泪先流的相同画面。

有时候，在别人的面影里我们会深刻地看见自己，那时，就会勾起我们久已隐忍的哀伤。

这几年，我的感受似乎有点不同了，当我看到人因为情感受创而落泪的时候，我在心酸里有一种幽微的欣慰，想到在这冷落无情的社会，每天耳闻的都是物质与感官的波澜，能听到有人为爱情而哭，在某一个层面，真是好事。这样想，听到悲哀的事，也不会在情绪上像少年时代那样容易波动了。

我和年轻朋友默默地，对饮着我从屏东海岸带回来的"港口茶"，港口茶是很奇特的一种茶，它入口的时候又浓又苦，在喝第一杯的时候几乎很难去品味它，要喝了两三杯之后，才感觉到它有一种奥妙的舌香与喉韵，好像乐团里的男低音，或者是萨克斯风，微微地在胸腔中流动，那时才知道，这在南方边地平凡的茶，有着玄远素朴的魅力。

喝到苦处，才逐渐清凉

我和朋友谈起，在二十岁的时候，我就喜欢喝茶，那时喜欢茉莉香片或菊花茶，因为看到花在茶杯中伸展，使我有着浪漫的联想。那时如果遇到了港口茶，大概是一口也喝不下去。

后来，我喜欢普洱，那是因为喜欢广东茶楼里那种价廉而热闹的情调，普洱又是最耐泡的，从浓黑一直喝到淡薄，总能泡十几回。

前些年，我开始爱喝乌龙，乌龙的水色是其他的茶所不及的，它是金黄里还带一点蜜绿，香味也格外芳醇，特别是产在高山的冻顶乌龙、白毫乌龙、金萱乌龙，好像孕了山林里的云雾之气，使我觉得人间里产了这样美好的茶，怪不得释迦牟尼佛说娑婆世界也是净土了。

住在乡下的时候，我喜欢"碧螺春"和"荔枝红"，前者是淡泊中有幽远的气息，后者好像血一样，有着红尘中的凡思；前者是我最喜欢的绿茶，后者是我最喜爱的红茶。

近两年来，我常常喝生产在坪林山上的"文山包种"和沿着屏东海岸种植的"港口茶"，这两种茶都有一种"苦尽"之感，要品了几杯以后，滋味才缓缓地发散出来。最特别的是，它们有一种在沧桑苦难中冶炼过的风味，使我们喝到苦处，才逐渐地清凉。

这有一点像是人生心情中的变化，朋友边喝着港口茶，边听我谈起喝茶的感受，她的泪逐渐止住了，看着褪色的茶汤，问说："那么，你的结论是什么？"

"我没有结论！"我说，"对于情感、喝茶、人生等等，没有结论正是我的结论！"

那就像许多会喝茶的人都告诉我们，喝茶的方法、技巧、思想，及至于茶中的禅思等等。可是别人不能代我们喝茶，而喝茶到最后还原到一个单纯的动作，就是把水烧开，冲出茶汤，喝下去！

许多曾受过情感折磨的人，他们有许多经验、方法，乃至智慧，告诉我们应该如何对治感情的失落。可是他们不能代我们受折磨，失恋到最后只还原到一个单纯的动作，就是让事情过去，自己独饮生命的苦水，并品出它的滋味！

这苦瓜竟然没有变甜！

我很喜欢一则关于苦瓜的故事。

有一群弟子要出去朝圣。

师父拿出一个苦瓜，对弟子们说："随身带着这个苦瓜，记得把它浸泡在每一条你们经过的圣河，并且把它带进你们所朝拜的圣殿，放在圣桌上供养，并朝拜它。"

弟子朝圣走过许多圣河圣殿，并依照师父的教言去做。

回来以后，他们把苦瓜交给师父，师父叫他们把苦瓜煮熟，当作晚餐。

晚餐的时候，师父吃了一口，然后语重心长地说："奇怪呀！泡过这么多圣水，进过这么多圣殿，这苦瓜竟然没有变甜。"

这真是一个动人的教化，苦瓜的本质是苦的，不会因圣水圣殿而改变，情爱是苦的，由情爱产生的生命本质也是苦的，这一点即使是修行者也不可能改变，何况是凡夫俗子！意思是，我们尝过情感与生命的大苦的人，并不能告诉别人失恋是该欢喜的事。因为它就是那么苦，这一层次是永不会变的，可是不吃苦瓜的人，永远不会知道苦瓜是苦的。"现在，你煮熟了这苦的，当你吃的时候，你终于知道是苦的了，但第一口苦，第二、第三口就不会那么苦了！"当我说完了故事，这样告诉朋友。

她笑着，好像正在品尝那只洗过圣水、进过圣殿的苦瓜味道。

"当我们失恋的时候，如果有人告诉我们，生命里有比失恋更苦难的承受，我们真的很难相信，就像鱼缸的鱼不能想象海上的狂涛一样。等到我们经验了更多的沧桑巨变，再回来一看，失恋，真的没有什么。"我说。

朋友用犹带着红丝与水意的眼睛看着我，眼里有茫然的神色，对一位正落入陷阱的人，她是不太能相信世界上还有更大的陷阱，因为在情感的陷阱底部，有着燃烧的火焰、严寒的冰刀、刺脚的长针，已经是够令人心神俱碎了。

"我再说一个故事给你听吧！"我只好说。

失恋，至少值得回味

有一个人去求助一位大师说："师父，请救救我，我快疯了，我的太太、孩子、亲戚全住在同一个房间，整天都在争吵吼叫谩骂，我的家简直是一座地狱，我快崩溃了，师父，请你拯救我。"

大师说："我可以救你，不过你得先答应，不论我要求你做什么，你都切实地做到！"

那形容憔悴的人说："我发誓，我一定做到！"

大师说："好！你家里养了多少牲畜？"

"一头牛、一只羊，还有六只鸡。"那人说。

"很好，把它们全部带入你的屋内，然后一星期后再来见我。"

那人听了，心惊胆战，但他发过誓听从师父的话，所以就把牲畜全部带进房子。

一星期后，他容貌完全枯槁，跑来见大师，用呻吟的声音说："一片肮脏、恶臭、吵闹、混乱，不只我不成人形，屋里的人也都快疯了。大师，现在怎么办？"

"回去吧！现在回去把牲畜都赶出去，明天再来见我。"大师说。

那人飞快地奔回家去。

第二天，当他回来见大师时，眼中充满了喜悦的光芒，欢喜地对大师说："呀！所有的畜生都赶出去了，家里简直像个天堂，安静、清爽、干净，又充满了温馨，生活是多么地美好呀！"

朋友听了这个故事，微微地笑了。

我们在生命过程中所遇到的挫折，使我们觉得自己是全世界最苦的人，那是因为我们还没有经历过更巨大的苦难，也是因为我们不知道世上的别人，有许多正拖着千斤重的脚，在走过火热水深、断崖鸿沟。

失恋，真是人生的苦难里最易于跨越的，它几乎是人生的必然。

在生命里，有很多历程除了苦痛，没有别的感受。失恋，至少还值得回味，至少有凄凉之美，至少还令我们验证到情感的真实与虚幻。

"有很多事，只是苦，没有别的。与那些事比起来，失恋真的是天堂了！"我加重语气地说。

我们聊着聊着，天就黑了，朋友要告辞，我送她一罐"港口茶"，她的表情已经平静很多了。

我说："好好地品味这港口茶吧！仔细地观照它，看看到最苦的时候会怎么样。"

我们的船还要继续前航

朋友走了以后，我独自坐着饮茶，看着被夜色染乌的天空，几粒微星，点点缀在天际，心中不免寒凉，想到人间里情爱无常的折磨，从有星星的时候，人就开始了在情感里挣扎的历程，而即使粉碎成微尘，人仍然要在情爱里走过漫漫长夜、哭过茫茫的旷野。

我想到几天前刚读过杜牧与李商隐的诗，都是我最喜欢的唐朝诗人，他们对失恋心情的描写，是那样细致缠绵，犹如黑夜旷野中闪烁的泪，令人心碎。我就选了几首，抄在纸上，准备寄给我的朋友：

落花（李商隐）

高阁客竟去，小园花乱飞。

参差连曲陌，迢递送斜晖。

肠断未忍扫，眼穿仍欲归。

芳心向春尽，所得是沾衣。

锦瑟（李商隐）

锦瑟无端五十弦，一弦一柱思华年。

庄生晓梦迷蝴蝶，望帝春心托杜鹃。

沧海月明珠有泪，蓝田日暖玉生烟。

此情可待成追忆，只是当时已惘然。

无题（李商隐）

飒飒东风细雨来，芙蓉塘外有轻雷。

金蟾啮锁烧香入，玉虎牵丝汲井回。

贾氏窥帘韩掾少，宓妃留枕魏王才。

春心莫共花争发，一寸相思一寸灰。

无题（李商隐）

相见时难别亦难，东风无力百花残。

春蚕到死丝方尽，蜡炬成灰泪始干。

晓镜但愁云鬓改，夜吟应觉月光寒。

蓬莱此去无多路，青鸟殷勤为探看。

赠别（杜牧）

多情却似总无情，唯觉樽前笑不成。

蜡烛有心还惜别，替人垂泪到天明。

金谷园（杜牧）

繁华事散逐香尘，流水无情草自春。

日暮东风怨啼鸟，落花犹似坠楼人。

秋夕（杜牧）

银烛秋光冷画屏，轻罗小扇扑流萤。

天阶夜色凉如水，坐看牵牛织女星。

我少年时代常吟诵这些诗句，当时有着十分浪漫美丽的怀想，觉得能有深刻的情爱，实在是一种福分。近来重读，颇感到人生的凄凉，才仿佛接近了诗人那冰心玉壶一样的心情，看到飞舞的落花为之肠断，听见琵琶流动的声音不禁惘然，东风吹来感到相思如灰一寸一寸冷去，夜里的蜡烛仿佛替代我们垂泪，像春天的蚕子永不停止地缠绵吐丝，到死方休！

而那园里落下来的花，就好像我们从楼头坠下，心肝为之碎裂！秋天看着遥遥相隔的牵牛星与织女星，是那样地冷，是永远不可能相会了！

情感的挫折与苦难是生命必然的悲情，可是谁想过：

落花飞舞之后，春天的新芽就要抽出！

蜡烛烧尽的时候，黎明的天光就要掀起！

春蚕吐丝自缚的终极，是一只蛾的重生！

来吧！让我们在最苦的时候，更深刻地回观我们的心灵世界，我们至少知道"港口茶"苦的滋味，我们一眼就能看见星星，这就多么值得感恩。

让锦瑟发声，让飞花落下，让春蚕吐丝，让蜡烛流泪，让时光的河流轻轻流过一些生命里伤心的渡口吧！

我们的船还要前航，扯起逆风的帆，在山水之间听听杜鹃鸟伤心的啼声，听久了，那啼声不觉也有超越的飞扬的尾音。

唯有发现心里一滴水的人，才能体会海洋也是一滴水的汇集与
映现。轻视一滴水，就是轻视整个海洋，而能品味一滴水，也
就能品尝海洋的真味了。

一滴水到海洋

一位弟子追随一位得道的师父。过了几天，他去请教师父："什么是人生的价值？"师父总是不告诉他，他愈发显得着急，一再地去求教。

有一天，师父被缠不过了，从房子里拿出一块石头，那石头看起来很大，也很美，师父说："你带这块石头到卖蔬菜的市场去卖，但是不要真的卖出去，只要试着卖，看看蔬菜市场的人可以出什么样的价钱。"

那个弟子真的带着石头到蔬菜市场去试卖。很多人围过来看，有的说："这么美的石头可以给孩子玩。"有的说："这么大的石头当秤锤刚刚好。"于是人们纷纷给石头出价，从两元到十元不等。

弟子带着石头回来见师父，说："在蔬菜市场，这个石头只能卖到十元的价钱。"

师父又说："现在你把这石头拿到黄金的市场去卖,但是不要真的卖出去,看看黄金市场的人可以出什么样的价钱。"

弟子照着吩咐去做了。当他从黄金市场回来的时候,很高兴地向师父报告:"在黄金市场,他们出的价钱很好,这石头可以卖到一千元。"

师父又说:"现在,你把这石头拿到珠宝店去,还是不要卖出去,只要看看珠宝店的人可以出到什么样的价钱。"

弟子拿石头到珠宝店去卖时,他简直无法相信,因为第一个人就出价五千元,由于他不卖,珠宝店的人竟一直加价,最后加到几十万元。

弟子还是不肯卖,最后珠宝店的人说:"只要你肯卖,任你开个价吧!"

弟子说:"我只是奉师父之命来试这个石头的价钱,不管出多高的价,我的石头都是不卖的。"弟子离开珠宝店的时候,心想,黄金市场和珠宝店的人简直是疯狂,因为在他看来,一块石头能卖十元就够好的了。

他回来向师父报告在珠宝店得到的开价,师父说:"一块石头的价值,是由了解的深浅而定的。如果一个人没有够好的眼睛,所有的石头,价值都不会超过十元,正像你在蔬菜市场遇到的那些人。你每天追着我问人生的价值,可是你的眼睛只停在蔬菜市场的层次,我给你一颗钻石,你也会以为只值十元。如果你成为珠宝商,认识真正的宝石,我给你的宝石才会成为无价。现在,你先不要向我要人生的宝石,先使你自己拥有珠宝商的眼睛,那时候你来找我,我就会教你人生的价值。"

这是苏菲修行者的故事,它有两个重要的寓意:

一是想要追求人生更高的奥秘,一定要在心灵上有所准备,要养成慧眼，这样才能承受真正的"道的宝石"，如果没有慧眼，最好的钻石摆在眼前也与石头无异。

二是万事万物并没有绝对的价值，而是缘于了解的深浅而显示价值的高低，唯有心灵的提升才能坚持出一种绝对的价值。有绝对价值的人，吃饭喝茶中都有深奥的境界，因为人生的奥义并不在那相对于分别的世界，而在绝对的性灵中。

不久前，我去参观一个奇石的展览，就想到苏菲的这个故事，那所谓的奇石全不假人工的雕琢，而是捡拾自深山、溪流、海边，个个都有奇特的风姿。它们的定价从数千到数十万都有，如果不是收藏奇石的那个圈子里的人，很难理解为什么一块石头可以卖到几十万。但是听说有很多是非卖品，即使那个圈子里的人愿意花几十万买石头也买不到呀！

那些原在深山、海岸、溪畔的奇石，普通人根本就懒得去捡，所以发现而捡拾的人就可以说是慧眼独具了，他们的慧眼则是在对石头的爱与了解中产生的。当然也有人为了卖钱而捡石头，有一位奇石收藏家就告诉我："为了卖钱而捡石头的人，往往捡不到最好的石头。"

但是，不管是为爱而捡或为钱而捡，不管有什么样的定价，不管是在深山或在艺术馆的架上，一块石头的本质是不会改变的，在改变与波动的只是我们的眼睛、我们的心。

石头存在的本身就饱含了价值，不因慧眼或俗眼而改变。其实，万物的本身都有不可替代、无法定价、深刻无比的价值，此所以"森罗万象许峥嵘"，此所以"翠竹皆是法身，黄花无非般若"，此所以"溪声尽是广长舌，山色岂非清净身"……

保持内心如宝石一样的质量，比起为宝石定各种价钱高明得多了。

从前，牛顿在苹果树下，被一个苹果打中而发现地心引力。这是多么伟大的发现，但是如果没有那个适时落下的苹果，可能要晚几百年才会被发现。所以，也许市场里一个苹果卖十块钱，可是一个苹果也可以是地心引力的引信，也可以是无价的。

有一个这样的笑话——

一个孩子读了牛顿发现地心引力的故事，就跑去坐在苹果树下，想自己说不定也可以发现什么大的道理。他坐在苹果树下胡思乱想，为什么苹果树这么高大，却长出这么小的苹果，而大西瓜却相反，长在小小的西瓜藤上？

小苹果长在大树上，大西瓜却长在小小的藤上，这里面一定有什么伟大的道理吧？

正在苦思的时候，一个苹果"啪"一声落在他的头上，他突然欣喜若狂地发现了："还好是一个苹果，如果是大西瓜落下来，我还会有头在吗？原来大西瓜长在地上是有道理的，至少落下的时候不会有人受伤。苹果长在大树上是很好的，西瓜长在地上也是很好的，万物的存在都有它的道理。"

事物的价值源自人心的价值，如果心的价值不被发现与确立，事物的价值也就得不到确立了。有一个朋友千里迢迢带回来大陆寺庙改建时拆下的砖送我，说是唐朝的砖。我左看右看，端详这块朋友口中"伟大而有历史的砖"，却总是看不出它的殊异之处。我想，如果把这块砖放在忠孝东路人群最多的地方，也不会有人捡拾，或者第二天就被清道夫丢进垃圾车里。这块毫不起眼、重达五公斤的砖块，以锦盒包装，被抱在怀中，飞山越海,到我的手上,只是因为在我们的心里先确立了,才会发现它的价值呀!

当一个人的心没有价值观与质量感时,当一个人的心只有垃圾时,所看见的世界也无非是垃圾!

在现代社会,真实的价值之所以被隐没,就是人心被隐没的结果。

假若说,人心的价值是一滴水,万物存在的价值是一片广大的海洋,那么唯有发现心里一滴水的人,才能体会海洋也是一滴水的汇集与映现。轻视一滴水,就是轻视整个海洋,而能品味一滴水,也就能品尝海洋的真味了。

流行贵在自主，有所选择、有所决断。我们也可以说："有
文化就有流行，没有文化就没有流行。"对个人来说是如此，
社会也是如此。

不受人惑

有一位贫苦的人去向天神求救，天神指着眼前的一片麦田，对那个人说："你现在从麦田那边走过来，捡一粒你在田里捡到的最大麦子，但是不准回头，如果你捡到了，这整片田地就是你的了。"

那人听了心想："这还不简单！"

于是从田间小路走过，最后他失败了，因为他一路上总是抛弃那较大的麦子。

这是一个古老的故事，象征了人的欲望永不能满足，以及缺乏明确的判断力。如果用这个故事来看流行的观念，我们会发现在历史的道路上，每一时代都有当时代的流行，当人在更换流行的时候，总以为是找到了更大的麦子，其实不然，走到最后就失去土地了。

流行正是如此，是一种"顺流而行"，是无法回头的。当人们走过一个渡口，要再绕回来可能就是三五十年的时间。像现在流行复古风，许多设计都是二十世纪五十年代，离现在已经四十年了，四十年再回首，青春已经不再。

我并不反对流行，但是我认为人的心里应该自有一片土地，并且不渴求能找到最大的麦子（即使找到最大的麦子又如何？最大的麦子与最小的麦子比起来，只不过差一截毫毛），这样才能欣赏流行，不自外于流行，还有很好的自主性。

流行看起来有极强大的势力，却往往是由少数人所主导的，透过强大的传播、消费主义的诱惑，使人不自觉地跟随。例如前年最流行的香水是"毒药"，去年最流行的香水是"轮回之香"，就是传播与消费互动的结果。今年化妆品公司花二千八百万元请来伊莎贝拉·罗塞里尼来推销新的香水（请恕我尚未记得它的名字），也是一种流行的引导。在我们被引导的时候，很少人会问这样的问题："这香水是我需要的吗？""这香水是我喜欢的吗？""这香水值这样的价钱吗？"

我常常对流行下定义："流行，就是加一个零。"如果我们在百货公司或名品店看到一双皮鞋或一件衣服，拿起标价牌一看，以为多标了一个零，那无疑是正在流行的东西。那个多出来的零则是为追随流行付出的代价。过了"当季""当年"，新流行来临的时候，商品打三折或五折，那个零就消失了。

因此，我特别崇仰那些以自己为流行的人，像摄影家郎静山，九十年来都穿长袍，没穿过别样式的衣服（他今年一百零一岁，据说十岁开始穿长袍）；像画家梁丹丰，五十年来都穿旗袍（只偶尔为了方便，穿牛仔裤和衬衫）；像《民生报》的发行人王效兰，三十年来都穿旗袍（不管是在盛大的宴会，或球赛现场）。他们不追逐流行，反而成为一种"正字标记"，不论形象或效果都是非常好的——我甚至不敢想象郎静山穿范伦铁诺西服，梁丹丰与王效兰穿圣罗兰、卡迪尔套装时，是什么样子？

所以有信心、有本质的人，流行是奈何不了他的，像王建煊的小平头、吴伯雄的秃头、赵耀东的银头，不都是很好看吗？有的少女一年换几十次头型，一下子米粉头、一下子赫本头、一下子庞克头，如果头壳里没有东西，换再多的头型也不会美的。

流行贵在自主，有所选择、有所决断。我们也可以说："有文化就有流行，没有义化就没有流行。"对个人来说是如此，社会也是如此。

我们中国有一个寓言：

有一天，八仙之一的吕洞宾下凡，在路边遇到一个小孩子哭泣不已，他就问小孩子："你为什么哭呢？"小孩子就说："因为家贫，无力奉养母亲。"

"我变个金块，让你拿回去换钱奉养母亲。"吕洞宾被孩子的孝思感动，随手指着路边的大石头，石头立刻变成金块。当他把金块拿给孩子时，竟被拒绝了。

"为什么连金块你都不要呢？"吕洞宾很诧异。

孩子拉着吕洞宾的手指头说："我要这一只可以点石成金的手指头。"

这个寓言本来是象征人的贪心不足，如果站在流行的立场来看，小孩子的观点是对的，我们宁可要点石成金的手指，不要金块，因为黄金有时而穷（如流行变幻莫测），金手指则可以源源不绝。

什么是流行的金手指呢？就是对文化的素养、对美学的主见、对自我的信心，以及知道生活品位与生命品质并不建立在流行的依附上。

有一阵子，台湾男士有这样的流行：开奔驰汽车，戴劳力士满天星手表，用都彭打火机，喝 XO，穿路易·威登的皮鞋，戴圣罗兰的太阳眼镜，穿皮尔·卡丹的西装，甚至卡文克莱的内衣裤（现在依然如此流行）。这样人模人样的人，可能当街吐槟榔汁，每开口的第一句是三字经，或是杀人不眨眼的通缉犯。想一想，流行如果没有文化、美学、品味做基础，实在是十分可悲的。

讲流行讲得最好的，没有胜过达摩祖师的。有人问他到震旦（中国）做什么？他说：

"来寻找一个不受人惑的人。"

一个人如果有点石成金的手指，知道麦田里的麦子都差不多大，那么，再炫奇的流行也迷惑不了他了。

前年奥斯卡金像奖的得奖影片《上班女郎》，里面有句精彩的对白：

"我每天都穿着内衣在房间里狂舞，但是到现在我还不是麦当娜！"

是的，我们永远不会变成流行的主角，那么，何不回来做自己的主角呢？当一个人捉住流行的尾巴，自以为是流行的主角时，已经成为跑龙套的角色，因为在流行的大河里，人只是河面上一粒浮沤。

缘是随愿而生的，有愿就会有缘，没有愿望，就是有缘的人也会错身而过。

四随

随喜

在通化街入夜以后，常常有一位乞者，从阴暗的街巷中冒出来。

乞者的双腿齐根而断，他用厚厚包着棉布的手掌走路。他双手一撑，身子一顿就腾空而起，然后身体向一尺前的地方扑跌而去，用断腿处点地，挫了一下，双手再往前撑。

他一走路几乎是要惊动整条街的。

因为他在手腕的地方绑了一个小铝盆，那铝盆绑的位置太低了，他一"走路"，就打到地面咚咚作响，仿佛是在提醒过路的人，不要忘了把钱放在他的铝盆里面。

　　大部分人听到咚咚的铝盆声，俯身一望，看到时而浮起时而顿挫的身影，都会发出一声惊诧的叹息。但是，也是大部分的人，叹息一声，就抬头仿佛未曾看见什么地走过去了。只有极少极少的人，怀着一种悲悯的神情，给他很少的布施。

　　人们的冷漠和他的铝盆声一样令人惊诧！不过，如果我们再仔细看看通化夜市，就知道再悲惨的形影，人们已经见惯了。短短的通化街，就有好几个行动不便、肢体残缺的人在卖奖券，有一位点油灯弹月琴的老人盲妇，一位头大如斗四肢萎缩瘫在木板上的孩子，一位软脚全身不停打摆的青年，一位口水像河流一般流淌的小女孩，还有好几位神志纷乱来回穿梭终夜胡言的人……这些景象，使人们因习惯了苦难而逐渐把慈悲盖在冷漠的一个角落。

　　那无腿的人是通化街里落难的乞者之一，不会引起特别的注意，因此他的铝盆常是空着的。他为了引起人们的注意，有时故意来回迅速地走动，一浮一顿，一顿一浮……有时候站在街边，听到那急促敲着地面的铝盆声，可以听见他心底多么悲切的渴盼。

　　他时常戴着一顶斗笠，灰黑的，有几茎草片翻卷了起来，我们站着往下看，永远看不见他脸上的表情，只能看到那有些破败的斗笠。

　　有一次，我带孩子逛通化夜市，忍不住多放了一些钱在那游动的铝盆里，无腿者停了下来，孩子突然对我说："爸爸，这没有脚的伯伯笑了，在说谢谢！"这时我才发现孩子站着的身高正与无腿的人一般高，想是看见他的表情了。无腿者听见孩子的话，抬起头来看我，我才看清他的脸粗黑，整个被风霜腌渍，厚而僵硬，是长久没有使用过表情的那种。后来，他的眼神和我的眼神相遇，我看见了这一直在夜色中被淹没的眼睛，透射出一种温暖的光芒，仿佛在对我说话。

在那一刻，我几乎能体会到他的心情，这种心情使我有着悲痛与温柔交错的酸楚。然后他的铝盆又响了起来，向街的那头响过去，我的胸腔就随他顿挫顿浮的身影而摇晃起来。

我呆立在街边，想着，在某一个层次上，我们都是无脚的人，如果没有人与人间的温暖与关爱，我们根本就没有力量走路，不管在任何时候任何地方，我们见到了令我们同情的人而行布施之时，我们等于在同情自己，同情我们生在这苦痛的人间，同情一切不能离苦的众生。倘若我们的布施使众生得一丝喜悦温暖之情，这布施不论多少就有了动人的质地，因为众生之喜就是我们之喜，所以佛教里把布施、供养称为"随喜"。

这随喜，有一种非凡之美，它不是同情、不是悲悯，而是因众生喜而喜，就好像在连绵的阴雨之间让我们看见一道精灿的彩虹升起，不知道阴雨中有彩虹的人就不会有随喜的心情。因为我们知道有彩虹，所以我们布施时应怀着感恩，不应稍有轻慢。

我想起经典上那伟大充满了庄严的维摩诘居士，在一个动人的聚会里，有人供养他一些精美无比的璎珞，他把璎珞分成两份，一份供养难胜如来佛，一份布施给聚会里最卑下的乞者，然后他用一种威仪无匹的声音说："若施主等心施一最下乞人，犹如如来福田之相，无所分别，等于大悲，不求果报，是则名曰具足法施。"

他甚至警策地说，那些在我们身旁一切来乞求的人，都是位不可思议解脱菩萨境界的菩萨来示现的，他们是来考验我们的悲心与菩提心，使我们从世俗的沦落中超拔出来。我们若因乞求而布施来植福德，我们自己也只是个乞求的人，我们若看乞者也是菩萨，布施而怀恩，就更能使我们走出迷失的津渡。

我们布施时应怀着最深的感恩，感恩我们是布施者，而不是乞求的人；感恩那些秽陋残疾的人，使我们警醒，认清这是不完满的世界，我们也只是一个不完满的人。

"一切菩萨所修无量难行苦行，志求无上正等菩提，广大功德，我皆随喜。如是虚空界尽、众生界尽、众生烦恼尽，我此随喜无有穷尽。"

我想，怀着同情、怀着悲悯，甚至怀着苦痛、怀着鄙夷来注视那些需要关爱的人，那不是随喜，唯有怀着感恩与菩提，使我们清和柔软，才是真随喜。

随业

打开孩子的饼干盒子，在角落的地方看到一只蟑螂。

那蟑螂静静地伏在那里，一动也不动，我看着这只见到人不逃跑的蟑螂而感到惊诧的时候，突然看见蟑螂的前端裂了开来，探出一个纯白色的头与触须，接着，它用力挣扎着把身躯缓缓地蠕动出来，那么专心、那么努力，使我不敢惊动它，静静蹲下来观察它的举动。

这蟑螂显然是要从它破旧的躯壳中蜕变出来，它找到饼干盒的角落脱壳，一定认为这是绝对的安全之地，不想被我偶然发现，不知道它的心里有多么的心焦。可是再心焦也没有用，它仍然要按照一定的程序，先把头伸出，把脚小心地一只只拔出来，一共花了大约半小时的时间，蟑螂才完全从它的壳用力走出来，那最后一刻真是美，是石破天惊的，有一种纵跃的姿势。我几乎可以听见它喘息的声音，它也并不立刻逃走，只是用它的触须小心翼翼地探着新的空气、新的环境。

新出壳的蟑螂引起我的叹息，它是纯白的几近于没有一丝杂质，它的身体有白玉一样半透明的精纯的光泽。这日常引起我们厌恨的蟑螂，如果我们把所有对蟑螂既有的观感全部摒除，我们可以说那蟑螂有着非凡的惊人之美，就如同是草地上新蜕出的翠绿的草蝉一样。

当我看到被它脱除的那污迹斑斑的旧壳，我觉得这初钻出的白色小蟑螂也是干净的，对人没有一丝害处。对于这纯美干净的蟑螂，我们几乎难以下手去伤害它的生命。

后来，我养了那蟑螂一小段时间，眼见它从纯白变成灰色，再变成灰黑色，那是转瞬间的事了。随着蟑螂的成长，它慢慢地从安静的探触而成为鬼头鬼脑的样子，不安地在饼干盒里搔爬，一见到人或见到光，它就不安焦急地想要逃离那个盒子。

最后，我把它放走了，放走的那一天，它迅速从桌底穿过，往垃圾桶的方向遁去了。

接下来好几天，我每次看到德国种的小蟑螂，总是禁不住地想，到底这里面,哪一只是我曾看过它美丽的面目,被我养过的那只纯白的蟑螂呢？我无法分辨，也不须去分辨，因为在满地乱爬的蟑螂里，它们的长相都一样，它们的习气都一样，它们的命运也是非常类似的。

它们总是生活在阴暗的角落，害怕光明的照耀，它们或在阴沟，或在垃圾堆里度过它们平凡而肮脏的一生。假如它们跑到人的家里，等待它们的是克蟑、毒药、杀虫剂，还有用它们的习性做成来诱捕它们的蟑螂屋，以及随时踩下的巨脚，擎空打击的拖鞋，使它们在一击之下尸骨无存。

这样想来，生为蟑螂是非常可悲而值得同情的，它们是真正的"流浪生死，随业浮沉"，这每一只蟑螂是从哪里来投生的呢？它们短暂的生死之后，又到哪里去流浪呢？它们随业力的流转到什么时候才会终结呢？为什么没有一只蟑螂能维持它初生时纯白、干净的美丽呢？

这无非都是业。

无非是一个不可知的背负。

我们拼命保护那些濒临绝种的美丽动物，那些动物还是绝种了。我们拼命创造各种方法来消灭蟑螂，蟑螂却从来没有减少，反而增加。

这也是业，美丽的消失是业，丑陋的增加是业，我们如何才能从业里超拔出来呢？从蟑螂，我们也看出了某种人生。

随顺

在和平西路与重庆南路交口的地方，每天都有卖玉兰花的人，不只在天气晴和的日子，他们出来卖玉兰花，有时是大风雨的日子，他们也来卖玉兰花。

卖玉兰花的人里，有两位中年妇女，一胖一瘦；有一位消瘦肤黑的男子，怀中抱着幼儿；有两个小小的女孩，一个十岁，一个八岁；偶尔，会有一位背有点弯的老先生，和一位白发苍苍的老妇，也加入贩卖的阵容。

如果在一起卖的人多，他们就和谐地沿着罗斯福路、新生南路步行扩散，所以有时候沿着和平东西路走，会发现在复兴南路口、建国南路口、新生南路口、罗斯福路口、重庆南路口都是几张熟悉的脸孔。

卖花的不管是老人还是孩子，他们都非常和气，端着用湿布盖好以免玉兰枯萎的木盘子从面前走过，开车的人一摇手，他们绝不会有任何的嗔怒之意。如果把车窗摇下，他们会赶忙站到窗口，送进一缕香气来。在绿灯亮起的时候，他们就站在分界的安全岛上，耐心等候下一个红灯。

我自己就是大学教授、交通专家所诅咒的那些姑息着卖玉兰花的人，不管是在什么样的路口，遇到任何卖玉兰花的人，我总是忘了交通安全的教训，买几串玉兰花，买到后来，竟认识了罗斯福路、重庆南路口几位卖玉兰花的人。

买玉兰花时，我不是在买那些清新怡人的花香，而是买那生活里辛酸苦痛的气息。

每回看到卖花的人，站在烈日下默默拭汗，我就忆起我的童年时代为了几毛钱在烈日下卖枝仔冰，在冷风里卖枣子糖的过去。在心里，我可以贴近他们心中的渴盼，虽然他们只是微笑着挨近车窗，但在心底，是多么希望，有人摇下车窗，买一串花。这关系着人间温情的一串花才卖十元，是多么便宜，但便宜的东西并不一定廉价，在冷气车里坐着的人，能不能理解呢？

几个卖花的人告诉我，最常向他们买花的是出租车司机，大概是出租车司机最能理解辛劳奔波的生活是什么滋味，他们对街中卖花者遂有了最深刻的同情。其次是开小车子的人。最难卖的对象是开着豪华进口车，车窗是黑色的人，他们高贵的脸一看到玉兰花贩走近，就冷漠地别过头去。

有时候，人间的温暖和钱是没有关系的，我们在烈日焚烧的街头动了不忍之念，多花十元买一串花，有时在意义上胜过富者为了表演慈悲、微笑照相登上报纸的百万捐输。

不忍？

是的，我买玉兰花时就是不忍看人站在大太阳下讨生活，他们为了激起人的不忍，有时把婴儿也背了出来，有人批评他们把孩子背到街上讨取人的同情是不对的。可是我这样想：当妈妈出来卖玉兰花时，孩子要交给保姆或佣人吗？当我们为烈日曝晒而心疼那个孩子，难道他的母亲不痛心吗？

遇到有孩子的，我们多买一串玉兰花吧！不要问什么理由。

我是这样深信：站在街头的这一群沉默卖花的人，他们如果有更好的事做，是绝对不会到街上来卖花的。

设身处地地为苦恼的人着想，平等地对待他们，这就是"随顺"，我们顺着人的苦难来满他们的愿，用更大的慈和的心情让他们不要在窗口空手离去，那不是说我们微薄的钱真能带给卖花的人什么利益，而是说我们因有这慈爱的随顺，使我们的心更澄澈、更柔软，洗涤了我们的污秽。

"一切众生而为树根，诸佛菩萨而为华果，以大悲水饶益众生，则能成就诸佛菩萨智慧华果。"

我买玉兰花的时候，感觉上，是买一瓣心香。

随缘

有一位朋友，她养了一条土狗，狗的左后脚因被车子碾过，成了瘸子。

朋友是在街边看到这条小狗的，那时小狗又脏又臭，在垃圾堆里捡拾食物，朋友是个慈悲的人，就把它捡了回来，按照北方习俗，名字越俗贱的孩子越容易养，朋友就把那条小狗正式命名为"小瘸子"。

小瘸子原是人见人恶的街狗，到朋友家以后就显露出它如金玉的一些美质。它原来是一条温柔、听话、干净、善解人意的小狗，只是因为生活在垃圾堆里，它的美丽一直未被发现吧。它的外表除了有一点土，其实也是不错的，它的瘸，到后来反而是惹人喜爱的一个特点，因为它不像平凡的狗乱纵乱跳，倒像一个温驯的孩子，总是优雅地跟随它美丽的女主人散步。

朋友对待小瘸子也像对待孩子一般，爱护有加，由于她对一条瘸狗的疼爱，在街间中的孩子都唤她："小瘸子的妈妈。"

小瘸子的妈妈爱狗，不仅孩子知道，连狗们也知道，她有时在外面散步，巷子里的狗都跑来跟随她，并且用力地摇尾巴，到后来竟成为一种极为特殊的景观。

小瘸子慢慢长大，成为人见人爱的狗，天天都有孩子专程跑来带它去玩，天黑的时候再带回来。由于爱心，小瘸子竟成为巷子里最得宠的狗，任何狗都不能和它相比。也因为它的得宠，有人以为它身价不凡，一天夜里，小瘸子被抱走了，朋友和她的小女儿伤心得就像失去一个孩子。巷子里的孩子也惘然失去最好的玩伴。

　　两年以后，朋友在永和一家小面摊子上见到了小癞子，它又恢复在垃圾堆的日子，守候在桌旁捡拾人们吃剩的肉骨。

　　小癞子立即认出它的旧主人，人狗相见，忍不住相对落泪，那小癞子流下的眼泪竟滴到地上。

　　朋友把小癞子带回家，整条巷子因为小癞子的回家而充满了喜庆的气息，这两年间小癞子的遭遇是不问可知的，一定受过不少折磨，但它回家后又恢复了往日的神采。过不久，小癞子生了一窝小狗，生下的那天就全被预约，被巷子里，甚至远道来的孩子所领养。

　　做过母亲的小癞子比以前更乖巧而安静了，有一次我和朋友去买花，它静静跟在后面，不肯回家，朋友对它说了许多哄小孩一样的话，它才脉脉含情地转身离去。从那一次以后，我再也没有看到过小癞子了，它是被偷走了呢，还是自己离家而去？或是被捕狗队的人所逮捕？没有人知道。

　　朋友当然非常伤心，却不知道在什么时候什么地点可以再与小癞子会面。朋友与小癞子的缘分又是怎么来的呢？是随着前世的因缘，或是开始在今生的会面？

　　一切都未可知。

　　但我的朋友坚信有一天能与小癞子再度相逢，她美丽的眼睛望着远方说："人家都说随缘，我相信缘是随愿而生的，有愿就会有缘，没有愿望，就是有缘的人也会错身而过。"

思想的天鹅也像身穿白袍的士子，纯洁、青春，充满了对
将来的热望，在起飞的那一刻不能轻视，因为它会万里翱翔，
主宰人的一生。

思想的天鹅

有时候我在想，人的思想究竟像什么呢？有没有一种具体形象的事物可以来形容我们的思想？

偶尔，我觉得思想像彩色的蝴蝶，在盛开的花园中采蜜，但取其味，不损色香，而这蝴蝶不能在我们预设的花园中飞翔，它随风翻转，停在一些我们不能考察的花丛中，甚至让我觉得，那蝴蝶停下来时有如一枝花。

偶尔，我觉得思想犹如海洋，广度与深度都不可探测，在它涌动的时候，或者平缓如波浪，或者飞溅如海啸，或者反映蓝天与星光。只是，思想在某些时候会有莫名的力量，那像鱼汛或暖流、黑潮从未知的北方来到，那可能就是被称为"灵感"的东西。

偶尔，我觉得思想像《诗经》中说的"鸢飞戾天，鱼跃于渊"中的鸢或是鱼，上及飞鸟下至渊鱼，无不充满了生命力，无不欢欣悦怡、德教明察。鸢鸟的眼睛是最锐利的，可以在一千米以上的高空，看见茂盛草原中奔跑的一只小鼠；鱼的眼睛则永远不闭，那是由于海中充满凶险，要随时改变位置。

不过，蝴蝶的翅力太弱，生命也太短暂；而海洋则过于博大，不能主宰；鸢呢？鸢太过强猛，欠缺温柔的性质；鱼则过于惊慌，因本能而生活。

思想如果愿意给一个形象，我愿自己的思想像天鹅一样。天鹅的古名叫鹄，是吉祥的鸟，是"燕雀安知鸿鹄之志"中那种两翼张开有六尺长的大鸟。它生长于酷寒的北方，能顺着一定的轨迹，越过高山大河到达南方的温暖之地。它既善于飞翔，也善于游泳；它性情温和，而意态优雅；它善知合群，能互相守望；它颜色分明，非白即黑；它能安于环境，不致过分执着……天鹅有许多好的品性，它的耐力、毅力与气质，都是令人倾倒的。芭蕾舞剧《天鹅湖》中，对情感至死不渝的天鹅，不知道使多少人为之动容。

我愿意自己的思想浩大如天鹅之越过长空，在动荡迁徙的道路上，不失去温和与优雅的气质。更要紧的是，天鹅是易于驯养的，使我不至于被思想牵动，而能主引自己的思想，让它在水草丰美的湖滨自在优游。

据说，驯养天鹅有两个方法：一个是把天鹅的一边翅膀修掉，使它失去平衡不能起飞，它就会安住于湖边；另一个方法是，把天鹅养在一个较小的池塘里，由于天鹅的起飞，必须先在水中滑翔一段路途，才能凌空而去，若池塘太小，它滑翔的路程太短就不能起飞了。从前，欧洲的动物园用前一个方法驯养天鹅，后来觉得残忍，并且展翅的时候丑陋，现在都用后面的方法。

　　驯养思想的天鹅似乎不必如此，而是确立一个水草丰美的湖泊作为天鹅的家乡，让它既保有平衡的双翼（智慧与悲悯），也让它有广大的湖泊（清白的自性），然后就放心地让它展翅翱翔吧！只要我们知道天鹅是季候之鸟，不管它飞到哪里，它在心灵中永远不会忘记自己的家乡。经过数万里时空，在千灾万劫里流浪之后，有一天，它就会飞回它的家乡。

　　传说从前科举时代有一段时间，凡是到京城应试的士子都要穿"鹄袍"，译成白话就是要穿"天鹅服"，执事的人只要看见穿白袍的人就会肃然起敬。因为那些穿着白衣的年轻孩子，将来会有许多位至公卿，是不可轻视的。佛教把居士称为"白衣"，称为"素"，也是这个意思。

　　思想的天鹅也像身穿白袍的士子，纯洁、青春，充满了对将来的热望，在起飞的那一刻不能轻视，因为它会万里翱翔，主宰人的一生。

　　在我的清明之湖泊，有一只时常起飞的天鹅，我看它凌空而去，用敏锐的眼睛看着世界，心里充满对生命探索的无限热忱。我让那只天鹅起飞，心里一点不操心，因为我知道天鹅有一个家乡，它的远途旅行只是偶然的栖息，它总会飞回来，并以一种优雅温柔的姿势，在湖中降落。

他们的自足、自信和挺然站立，使我们整个社会可以
从最根深处站立起来。

从最根深处站起来

一双未完成的鞋子

不管在什么时间，不管从什么地方走过，我们都很容易看到一个场景：许多人围聚在一起，看着出售货品的小小的摊位。

我们或者会停下来买一点东西。

我们或者会站着看他们卖些什么。

大部分的时间，我们视若无睹地走过，冷然无情地走过。

于是，那些生活在我们四周的人，便与我们没有任何相干。我们不知道他们的生活、他们的背景，甚至不知道他们是从什么地方冒出来的。

有时候，我们会抱怨他们阻碍了交通，妨碍了秩序；有时候我们会为自己在无意中买了便宜的东西而高兴；有时候，我们会问：他们大概赚了不少钱吧？

这是我们对摊贩的一般概念。摊贩虽然与我们的生活有一定的联系，他们却仿佛生活在另一个神秘的世界里，我们看不见他们的辛酸，也看不见他们如何在最根深处站起来。

多年来，我接触了很多摊贩，我佩服他们面对生活的勇气。他们虽然做着最卑微的职业，但他们和生活苦斗着，光是这一点，就足以给我们很大的启示。

在写这些摊贩前，我想起了童年的经验。

七岁的时候，我用一个铜板一个铜板攒起来的钱，在小镇街边的摊贩那里买了一盒油彩。回到家里，我把十二种颜色的油彩一条条挤出来观察，当色彩从管子中出来的一瞬间，我领悟到了人间的色彩，那种彩色的感觉一直跟随我到今天。

然后我想，我要画什么呢？我选择了那个卖油彩的摊贩。

我便每天背着油彩坐在摊贩对街的农舍屋檐下，画那一个瘦小的老摊贩。他那穿着厚重的棉衣、戴黑色毛线帽的形象给我很大的震撼，可惜当我画到他那一双"开口笑"的皮鞋时，一个警察走过来把他赶走了，致使我童年的第一张彩画一直没有完成，以后我再也没有见过那个老摊贩。

我每天孤独地站在未完成的画前面，为无法给最后的那一双鞋子上色而苦痛不堪。我甚至为他流泪了。

他会到哪里去呢？他还会卖油彩吗？

我疑惑而难过地思念着那一位老人。童年那一段不快乐的经验给我日后的生活投下了很深的阴影，很久都无法散去，也使我对摊贩怀有一种特别的情愫——这些生活在社会最底层的"游牧民族"，在我内心投下了特殊的印象。

每当我遇见一个摊贩，童年的印象便会浮现出来。如今我写摊贩，只是要完成那最后一抹色彩，以了却多年来的心愿。

自足地面对生活挑战

冷风呼吼的冬天，我到东部一个小渔港去。清晨，我独自走到临近海边的鱼市场去，为的是观察渔民在晨曦中如何进行他们的交易。

在鱼市场里，可爱的渔民们正在兴高采烈地出售他们的鱼。渔民们自兼摊贩，大声地吆喝着，特别让我觉得真实而感动，其中一个摊贩吸引了我。

只见他把鱼一箩筐一箩筐从三轮货车上卸下来，大声叫着："来哦！新鲜的！最好的鱼在这里！"

我走过去，他转过身来，我看见他嘴角留着两撇稀朗的猫须，有一些槟榔汁还残留在唇边。他戴着一顶载满风霜的鸭舌帽，穿一双黑色雨靴，衣服沾满了鱼的腥香，最让我吃惊的是他的表情——他始终带着微笑，非常自信自足地推销他经过一夜辛苦捕来的鱼。

渔民摊贩看到我拿了相机，欣悦地微笑着，然后抓起箩筐中的一条鱼对我说："你要拍照就要拍最好的鱼，我这里的就是最好的鱼！"后来，我陪他一起卖鱼。由于他的自信，鱼很快卖完了，他高兴地收拾箩筐，哼起一首歌："透早就出门，天色渐渐光……"

渔民四十二岁了，他告诉我，他生活的信心来自他的祖先。他在幼年时便陪父亲在鱼市场贩卖自己捕来的鱼，他说："我们四代卖鱼了，当然卖得最好。"他认为渔民的生活虽然很辛苦，但是没有什么可抱怨。"我祖父、父亲都这样过来了。"

那个渔民自足地面对生活挑战的态度，给我很大的撞击。我站在原地，看他的三轮货车绝尘而去，鱼市场喧嚣的声音突然隐去，只剩下他的形象在脑中盘旋。

一块白布长条上写了这些用红漆写成的大字，一位神情健硕的老人正在白布后推销他的"祖传秘方"。

在南部一个小镇上，我很吃惊地站定，他那简单的药粉竟可以治愈那么多的"现代病"，尤其让我惊奇的是，老人坚决的神情。

他说："神经衰弱吃一包就见效，败肾失精吃两包就见效，各种胃肠病吃三包就见效。这款药粉不是普通的药粉，是数百种草药经过数十年炼成的，吃一罐治标，吃两罐治本，长期服用活百年。"

老人"去伤解郁，根治百病"的药方，竟然打动了旁观的民众，不到一个小时，药箱里的药几乎全卖光了，老人得了一万多元。他收拾好行李，我和他在傍晚的街上走着，他告诉我，这种药确实有效，这是他祖先几代赖以维生的药方，可以"有病治病，无病保身"，绝对错不了。

老人已经七十岁了，他还要将这个药方留给他的子孙，他说自己是个江湖人，每隔几天就要换一个码头。"只要带着一箱药粉，我就可以走遍天下了。"

穿着黑布鞋、黑长裤、白衬衫、红毛衣的老人，像流浪在乡间的许多江湖人一样，生命在默默的岁月中流转。

我不太相信一种药粉可以治百病，由于老人的流动性，药粉到底灵不灵也没有人检验过，但是我佩服老人的生命力。他就像他的药粉一样，在西药已经风行的今时今地，他还能坚韧有力地在乡间的每一个角落跳动。

不要忘记我们的粿

有一天我路过华西街，被路边一个三尺见方的小摊吸引住了。只见一位二十出头的年轻人和他年轻的妻子正在忙碌地包装"红龟粿""菜头粿""芋仔粿"，卖给过路的人。

他们忙碌的情景很出乎我的意料，像粿这种传统的零食，没想到现在还这么受欢迎，许多中老年人路过时就会顺便买一个粿，边走边吃。

我访问了那对年轻夫妇，他们的摊位上只点了一盏五烛光的小灯。

他们在那里已经摆了四年的"粿摊"，收入相当不错。问他们最初的动机，他们说："有一次在外祖母家里吃了粿，倍儿好吃，就想，这样的东西流传了数千年还受民众的欢迎，一定有它的道理，何不摆个摊位试试看呢？我们请教了外祖母制作方法，便尝试性地摆摊，没想到一摆就是几年了。"

那个粿摊很受欢迎，有固定的老主顾，尤其是年节庆典时更是供不应求，夫妻俩忙得不可开交。

本来沉默地站在一旁的太太说："中国人还是吃中国人的东西习惯。"

他们的生活没有什么烦忧，夫妻俩都认为卖粿是"前景看好的行业"。我很喜欢这对勤劳的小夫妻，他们白日在家中努力地做粿，夜里出来摆摊，生活在自足的小天地里，而且他们的粿在那里已经被摆出一点名声了。

我想，借着许多小摊贩，中国传统的吃食和民间工艺才得以保存，并在民间展现它的活力。如果没有这些勤劳的摊贩，很可能许多可贵的东西都要失传了。

那些失传的东西像粿一样，在民间小摊贩间总会留下一些肯定的声音：

"红龟粿、菜头粿、芋仔粿……该里天天卖！"

捡回掉落的鞋子

摊贩们固守自己的天地，但生活并不是很安定的。有一回，我走过台北市的一条大马路时就看到一幕令人心惊的场景。

一排卖小吃的摊贩中有一位妇人，带着一个大约三岁的女孩在卖肉羹。许多人围着摊子吃着，一碗七元，妇人熟练地从大锅里舀出肉羹，放一点佐料、一点青菜，然后端给站着喝肉羹的人。她不断地重复着那一个单调的动作，最难得的是，脸上始终带着笑容。小女孩则乖巧地蹲在旁边玩耍。

"警察来了！"

突然，在前头的第一个摊贩叫起来，所有的摊贩便惊惶地奔跑起来。妇人的东西太多，她迅速用右手抄起女儿抱在怀中，左手推着那一辆摊贩车向小巷中拐进去，许多吃肉羹的人端着碗跟着她的摊子一起跑。

很快，妇人与她的摊子消失在街的尽头了。但是，小女孩的拖鞋却因为匆忙奔跑，掉落在街心。空旷的街上，两只小鞋子显得格外凄冷。

两个穿着整齐的制服的警察走过，等他们走远了，那个妇女才蹑手蹑足地回来捡小女孩的鞋。

她那余悸犹存的心惊样子，一时之间也让我手足无措起来，不禁觉得悲凉。

摊贩难为。他们有面对生活的勇气，但有时候，他们的自尊就像匆忙中掉落在大街上的鞋子一样，要一次一次捡回来，然后穿上，以面对新的挑战。当然，警察是对的，可摊贩为了求生活也没有错，那么，到底是什么地方错了呢？

从最根深的地方站立起来

每一个人都应该知道如何调整自己，以便在扰攘的尘世中立足，摊贩也不例外。他们不是生来便注定做摊贩的，因此他们必须不断地进行自我调整。

如果社会是一棵树，摊贩就是土地下最末梢的根须，我们也许会忽略他们，但是在一棵大树的成长中，他们供应了相当大的动力。

他们的自足、自信和挺然站立，使我们整个社会可以从最根深处站立起来。

写到这里，我又想起了童年那双未画完的摊贩的"开口笑"的皮鞋。我还是留下了最后一笔，希望能常常面对它。

Part 6
无宠不惊

使生命感受到丰盈的，不是欲望的扩张，而是心灵深处的触动；使生命焕发价值的，不是拥有多少财富，而是开发了多深的智慧；使人生充满意义的，不是对某一个目标的奔赴，而是每一步都得到心安与落实。

其实，十五楼和十楼、五楼有什么不同呢？完全是个人的心之所受罢了，一切生活的对待都是因观点不同而产生了悲喜。

十五楼观点

　　我的工作室在十五楼，打开窗户，左边是观音山，正中是阳明山，可以看到半个台北盆地，还有无限的青空。

　　来到工作室的朋友，常有两种极端的反应，一种是说：在这么高的房子，视野开阔、空气清新，并能日日感知青天的白云与黑夜的星月。

　　另一种是说：唉呀！你怎么住这么高的地方，地震怎么办？台风怎么办？火灾怎么办？他一点也不能享受高楼的好处，就带着惊怕的心情离开了。

　　我在这里逐渐归纳出来，前者都是生性乐观开朗，他们不论何时何地总看到事物美好的一面。后者则是生性悲观忧郁，他们不管在何时何地都会自然的生起烦恼，由于烦恼使他们常常过着惊怕的日子。

其实，十五楼和十楼、五楼有什么不同呢？完全是个人的心之所受罢了，一切生活的对待都是因观点不同而产生了悲喜，就像十五楼的观点一样。

有一个朋友说：你住这么高，比较接近西方极乐世界呀！

我听了笑起来，说："为什么极乐世界一定是在高的地方呢？"

只要观点恒常光明，极乐世界就在眼前，一时佛在。

一个社会格局的开创固然需要很多不凡人物的创造，但一个社会能否持久安定维持文化的尊严与品格，则需要许多平凡人的默默奉献与牺牲。

平凡最难

与几位演员在一起，谈到演戏的心得。

有一位说："我喜欢演冲突性强的人物，生命有高低潮的。"另一位说："怪不得你演流氓演得好，演教师就不像样了。"

还有一位说："每次演悲剧就感觉自己能完全投入，演得真是悲惨，可是演喜剧就进不去，喜剧的表演真是比悲剧难呀！"另外一位这样搭腔："那是由于在本质上，人生是个悲剧，真实的痛苦很多，真实的快乐却很少。"

大家七嘴八舌地讲自己对演出与人生的看法，却得到了两个根本的结论，一是不管电影、电视或舞台，演流氓、妓女、失败者、邪恶者、落拓者总是容易一些，也可以演得传神，那是因为大家对坏的形象有一种共同的认知；可是对善良的、乐观的人生却没有共同的标准。二是全世界最难演出的人，就是那些平顺着过日子，没有什么冲突的人，像教师、公务员、小职员、家庭主妇，因为他们的一生仿佛一开始就是那个样子，结束也就是那个样子了。

一个演员感慨地说："平凡是最难演的呀！"

我们如果把这句话稍做转换，可以变成是："平凡是最难的呀！"或者说"安于平凡是最难的呀！"尤其是当一个人可以选择轰轰烈烈地过日子时，他却选择了平凡；当一个人只要动念就可能获名求利满足欲望时，他却选择了平凡；当一个人位高权尊力能扛鼎时，他毅然选择了平凡。

最难得的是，一个人在多么不平凡的情况下，还有平凡之心，知道如何走进平凡人的世界，知道这世界原是平凡者所构成，自己的不平凡是多数人安于平凡所造成的结果。

平凡者，就是平顺、安常、知足，平凡人的一生就是平安知足的一生。一个社会格局的开创固然需要很多不凡人物的创造，但一个社会能否持久安定维持文化的尊严与品格，则需要许多平凡人的默默奉献与牺牲。

每个人青年时代的立志，多是要做顶天立地的大丈夫，要做叱咤风云的大人物，可是到了后来才发现，其实自己也不过是社会里平凡的一分子，没有变个能成为真正的大英雄大豪杰。但我们从更大的角度看，那些自命为大人物者，何尝不也是宇宙的一粒沙尘呢？

这并不是说我们不要立大志，而是当我们往大的志向走去时，不管成功或失败，都要知道"平凡最难"！

平凡不只是演员在戏台上最难扮演，在实际人生里也是最难的一种演出。

愿我们在观莲花的时候，也能反观自己的莲花，在我们一念觉悟、一念慈悲、一念清净、一念柔软、一念芬芳、一念恩泽等等菩提心转动的时候，我们的莲花就穿出贪嗔痴慢疑欲望的水面，在光明的晨光中开启了。

不着于水

　　近一两年，花市里普遍的都可以买到莲花了，有的花店，用几个大瓮装莲花，摆成一列放在架上，每一个瓮装一种颜色，金黄、清紫、湛蓝、纯白、粉红的莲花，五色明媚，使人走过时仿佛置身莲花池畔。

　　把心放平静了，把呼吸调细致一些，就会有莲花的香气从众花之中穿越出来，不愧是王者之香，即使是最浓烈的野姜花之香气，也丝毫不能掩盖那清冽的、悠远的、不染一丝尘土的清净之香。

　　花香里以莲香最为第一，虽然我也喜欢别的花香，但如果仔细品过莲花的香气就会知道，唯有莲花的香气可以与我们的心灵等高，或者说，唯有莲花才能使我们从尘世的梦中之梦，闻到一些超尘的声息，甚而悟到身外之身。

　　当学生的时候，我就常常为了看莲花，不惜翻山越岭。最近的莲花是长在南海学园里，坐在历史博物馆小贩卖部的角落，叫一杯品质不是很好的清茶，就可以从俯视的角度看植物园的千花齐放，在风华中翻转。那时感觉到连品质粗劣的清茶也好起来了，手中不管握的是什么书，总也有了书香。

　　有时会想，一杯茶、一卷书，还少了一炉香，如果有最好的水沉香，则人间可以无憾。有一次午后，突然悟到，如果能真正地进入莲花，则心中自有水沉香，还需要什么香呢？

　　这是远观，还不能真知道莲花之香。去年秋天，我到南仁山去，借住南仁湖畔的养牛人家，牛户在竹林里种了一片莲花，有粉红与纯白两色。清晨时分，我借了竹筏撑到竹林外系住，穿林过水走到湖岸，坐在湖边看莲花在晨光中开起，然后莲香自花苞中散出来，由于竹林的围绕，香气盘桓，久久都不逸去。

　　那是杳无人迹的地方，空气清甜、和风沉静、湖山明澈，有丝丝莲花的香味突然飘荡起来，可想而知是多么动人！我在草坡上坐了一个上午，感觉到连自己的呼吸都有莲花的香味，惊奇地想：是不是人也可以坐成一株莲花呢？

　　怪不得在佛教里，把莲花当成是第一供养，是供养佛菩萨最尊贵的花；又把人见到自性譬喻成从污泥中开出不染的莲花；甚至用来比喻妙法正法，最伟大的一乘教化经典，名字就叫《妙法莲华经》……这些，在南仁湖的清晨，都使我切身地体会到了。

　　如果不是莲花这样华果俱多、华宝俱足、华开莲现、华落莲成，一般俗花如何能被比喻成妙法呢？

佛经里说,莲花有四德:香、净、柔、可爱。其香深奥悠远、其净出泥不染是我们都知道的,但莲花从花梗、花叶、花瓣都是非常柔软,不小心珍惜,很容易断裂受损,这不也像我们的心一样,如果不细心护惜,一个人的心是很容易受伤的!但易于受伤的心,总比刚强不能调伏的心要好些。

至于可爱,我们有时会觉得兰花俗艳不堪、姜花野性难驯、玫瑰梦幻不实、百合过于吵闹,莲花却没有可挑剔的地方,一株莲花和一群莲花一样,都有宁静、清雅、尊贵、和谐的品质。这世上香花不美、美花不香颇令人感到遗憾,唯有莲花香美俱足,它的香令人清明,它的美使人谦卑。

这样尊贵的花,培植不易,以前的价钱非常昂贵,现在喜欢的人多,莲花也普及起来,一株莲花才十五元台币,如果与花店相熟,有时十元就能买到了。十元买到菩萨与自性最尊贵的供养,真是价廉物美,有时想想,人的佛性也是如此,因为普遍、人人都有,就忘失了它的尊贵。

或者不必供在案前,即使是在花市里、在莲花池,看看莲花,亲近其香,就觉得莲花与自己相应而有着无比的感动。

在晨曦中,看书案前的一盆莲花盛开,在上扬的沉香中,观想自己有如莲花开放,或者甚至成为花里的一缕香,这时会想起《阿含经》中说的:莲花生在水中、长在水中、伸出水上,而不着于水。如来生于人间、长于人间、出于人间,而不执着人间的法。心里就震动起来,泫然欲泣,连眼角都有了水意,深信自己虽生于水,总有一天也能像莲花一样不着于水。

在污浊的人世,还能开着莲花,使我们能有清净与温柔的对待真值得感恩,"一念心清净,处处莲花开;一花一净土,一土一如来"。愿我们在观莲花的时候,也能反观自己的莲花,在我们一念觉悟、一念慈悲、一念清净、一念柔软、一念芬芳、一念恩泽等等菩提心转动的时候，我们的莲花就穿出贪嗔痴慢疑欲望的水面，在光明的晨光中开启了。

当我们像饱含甘露的莲花时，我们就会闻到从我们身体呼出来的最深的芳香！

像我们每天闲事挂在心头的人，只有时常对自己提醒："平常心不是道"，勇猛求菩提，才有机会体验四季的每一时刻都是"好时节"的平常心。

平常心不是道

现在学禅的人，或甚至不学禅的人最常挂在口边的一句是"平常心是道"。

对于学禅的人，历来的祖师不都告诉我们，道在寻常日用之间吗？因此，"饥来吃饭，困来即眠"是道，"行住坐卧，应机接物"是道，"喝茶、吃粥、洗钵"也是道，连瓦砾里都有无上法，何况是平常心呢？所以，大家只顾吃饭、睡觉就好了，哪里用得着拼老命地修行呢？

对于不学禅的人，有许多从禅宗里盗了"平常心是道"的话，就以此为借口，认为天下无道可学，只要平常过日子就好了，甚至嘲笑那些困苦修行的人说："你们的祖师不是说平常心是道吗？何用这样精进辛苦地修行？"

到底，平常心是不是道呢？

要知道平常心是不是道，我们先来看"平常心是道"的起源。

中国禅宗史上，第一位提出"平常心是道"的是马祖道一禅师，在《景德传灯录》里记载他向门人的开示："道不用修，但莫污染。何为污染？但有生死心，造作趣向，皆是污染。若欲直会其道，平常心是道。谓平常心，无造作、无是非、无取舍、无断常、无凡无圣。"这是"平常心是道"的来源。

在这段开示后，马祖道一禅师又有一些话用来解释"平常心是道"，我在这里摘取易于了解的段落：

"行住坐卧，应机接物，尽是道。道即是法界，乃至河沙妙用，不出法界。"

"名等义等，一切诸法皆等，纯一无杂。若于教门中得，随时自在。建立法界，尽是法界；若立真如，尽是真如；若立理，一切法尽是理；若立事，一切法尽是事。"

"一切法皆是佛法，诸法即解脱，解脱者即真如，诸法不出于真如，行住坐卧，悉是不思议用，不待时节。"

这些都是白话，不难明白，意思是当一个人反观自心，证得妙用的本性，他就能进入纯粹自在平等无我的境界，那时他达到自性是没有生灭的，知道法身无穷遍满十方。到了这个时候，他自然能平常地对待外在事物，不会为造作、是非、取舍、断常、凡圣所执着了。

也即是说，当一个人明心见性，不为外来的情况所转动的时候，他才能时时无碍，处处自在，事理双通，进入平常的世界。平常不是指外面的改变，而是说不论碰到任何景况，自己的心性都能不动如一。

了解到这一层，我们就知道"平常心是道"没有那么简单，在禅的精神里，只有见性人才能说"平常心是道"，一般学禅的人，心性都还没找到，怎么谈得上平常心呢？

因此，对刚开始修行的人，平常心不是道，而是流血奋斗的事业，要透过非常的努力追求心性的开悟，而不能一开始就像祖师们一样说："平常心是道。"

关于"平常心是道"，最有名的一首诗是宋朝无门慧开的作品：

> 春有百花秋有月，
>
> 夏有凉风冬有雪；
>
> 若无闲事挂心头，
>
> 便是人间好时节。

像我们每天闲事挂在心头的人，只有时常对自己提醒："平常心不是道"，勇猛求菩提，才有机会体验四季的每一时刻都是"好时节"的平常心，否则大海红尘、平地波涛，刹那就把我们淹埋，哪里还有什么平常心！

使生命感受到丰盈的，不是欲望的扩张，而是心灵深处的触动；使生命焕发价值的，不是拥有多少财富，而是开发了多深的智慧；使人生充满意义的，不是对某一个目标的奔赴，而是每一步都得到心安与落实。

一步千金

一个青年，二十岁的时候，就因为没有饭吃而饿死了。

他到了阎王爷的面前，阎王从生死簿上查出，这个青年应该有六十岁的年寿，他一生会有一千两黄金的福报，不应该这么年轻就饿死。

阎王心想："会不会是财神把这笔钱贪污掉了呢？"于是他把财神叫过来质问。

财神说："我看这个人命格里天生的文才不错，如果写文章一定会发达，所以把一千两黄金交给文曲星了。"

阎王又把文曲星叫来问。

文曲星说："这个人虽然有文才，但是生性好动，恐怕不能在文章上发达，我看他武略也不错，如果走武行会较有前途，就把一千两黄金交给武曲星了。"

阎王再把武曲星叫来问。

武曲星说："这个人虽然文才武略都不错，却非常懒惰，我怕不论从文从武都不容易，只好把黄金交给土地公了。"

阎王再把土地公叫来。

土地公说："这个人实在太懒了，我怕他拿不到黄金，所以把黄金埋在他父亲从前耕种的田地里，从家门口出来，如果挖一锄头就挖到黄金了。可惜，他的父亲死后，他从来没有挖过一锄头，就那样活活饿死了。"

最后，阎王判了"活该"，然后把一千两黄金缴库。

这是一个流行的民间故事，里面含有非常深刻的寓意：一个人拥有再大的福报和文才武略，如果不肯踏实勤劳地生活，都是无用的。

同时还有另一个寓意是：对于肯去实践的人，每一步、每一锄头都值一千两黄金；如果不去实践，就是埋在最近之处的黄金也看不到啊！

其实，这是再简单不过的道理，从前农业社会的人很容易体会到，实践才是唯一的真理，田里的作物是通过不断耕耘实践才一点一滴长成的。空想，或者理论不管多好，都无助于一粒米的成长。

到了现代社会，由于社会的多元，空想的人逐渐增多了，大家总是希望有什么空隙可以不劳而获，有什么方法可以一步登天，那些老老实实工作的人反而被看成傻瓜，只好继续安贫乐道了。

我认识许多在社会中老老实实过日子的人，他们既不知道股票为何物，也不懂得投资置产，时间久了，看到四周许许多多突然暴发的人，心里难免感到不平衡，由于不平衡，也就不安稳了。

例如，我们会听到某人一个晚上请一桌筵席就花了三十几万元。

例如，我们会听到某一个富豪请吃春酒，一请五百桌，数百万元一夜就请掉了。

例如，我们会听到某人包了一架飞机，请亲戚朋友到国外旅行，以炫耀自己的财力。

例如，我们会听到某人到酒店喝酒，放一沓千元大钞在桌上，凡是点烟的、送毛巾的、端盘子的，人人有份，一人赏一千元。

例如，我们会在报纸上看到，一些有钱的人吃完饭一起到赌场消遣，每个人身上都有几千万元。

在这个社会上，确实有许多人一夜的花天酒地所挥霍的金钱，正是那些勤劳工作的人一生所能赚到的总和。而可笑的是，那些腰缠万贯的富豪，缴的所得税可能还少过一个职员。

不过，也不必感到悲伤，因为在时间这一点上，是很公平的。花天酒地是一夜，冥想静思也是一夜。花数十万元过一夜，在时间上与听音乐过一夜是平等的，而在心性的快乐与精神的启发上，可能单纯平凡的日子更有益哩。使生命感受到丰盈的，不是欲望的扩张，而是心灵深处的触动；使生命焕发价值的，不是拥有多少财富，而是开发了多深的智慧；使人生充满意义的，不是对某一个目标的奔赴，而是每一步都得到心安与落实。

有钱是很好的，有心比有钱更好。

有黄金是很好的，情感有光芒比黄金更好。

有钻石是很好的，真实的爱比钻石更好。

重如千两的黄金是在生活的每一步里展现的，在眼前的一步，如果没有丰盈的心、细腻的情感、真实的爱，那么再多的黄金也只成为生命沉重的背负。

除了眼前这一步、当下这一念心，过去的繁华若梦，未来的渺如云烟，都是虚妄而不可把握的呀！

本来面目非常重要，只有本来面目，才能使我们做一个完整的人，
做一个自在的人，以及做一个独立和成功的人。

本来面目

我常常觉得在现代社会里，真实的人愈来愈难见了。

所谓"真实的人"，就是有风格的人、特立独行的人、卓尔不群的人、不随同流俗的人——也就是对生活有一套自己的看法，对生命有一个独立的理想目标的人。

这样的人在古代颇为常见，即使到二十世纪三十年代，中国还出过许多有风格的人，我把这种人称之为"本来面目"，这"本来面目"就像古代的禅师对山说："山啊！请脱掉披覆在你外表的雾衣吧！我喜欢看你洁白的肌肤。"

遗憾的是，我们现代人往往忘失了原来的洁白肌肤，而在外表披覆了雾衣，所以当我们说"古道照颜色，典型在宿昔"的时候特别感触良深，为什么颜色都在古道，典型都在宿昔，我们这一代的人有什么颜色？什么典型呢？

有时候我会想：为什么现代人既没有颜色，也没有典型？然后自己拟出了两个答案，一个是现代人失去了单纯的生活，也失去了单纯的对生命理想的热爱。一般大人物的一天固然是案牍劳形、送往迎来、酬酢交错、演讲开会，二十四小时里难得有十分钟静下来沉思，对生活与生命的本质就难以了然。而小人物呢，为了三餐奔波辛劳，为了逢迎拍马费心，为了物欲享受而拼命，虽然空闲较多，但是夜间或在秦楼酒馆流连，或在家里盯着电视不放，更别说静下来思想了。

这真是个社会的危机，我时常到乡下去，发现如今的乡下人不再是"日出而作，日落而息"，而是跟随着电视作息，到半夜才入眠；都市人更不用说了——为什么没有人能静静地坐上几分钟、一小时呢？

一个是现代人常强人所难和强己所难。我们常看到一种情况，一桌酒席下来，主客喝了十几瓶洋酒，请的人心疼不已，仍勉强自己请之；被请的人过意不去，仍勉强别人请之，然后说这是尽兴。

推而广之，是自己不愿做的事推给别人做，或者别人不肯做的事推给自己做。可叹的是，我们做一件事的原因，往往是别人喝完一杯咖啡时，在白纸上写下我们的名字，有时候因为这样决定了我们的一生，反之亦然。所以我们在写下一个名字时，是不是也站在别人的立场想一想呢？

我们的本来面目，就因为生活不能单纯，因为强人所难与强己所难而失去了，久而久之就像同一厂牌的原子笔，每一枝虽是独立的个体，而每一枝都一样。这像禅宗说的"白马入芦花"，有的人明明是白马，入芦花久了，白白不分，以为自己是芦花了。

也像是"银碗里盛雪"，本来是银碗的人为雪所遮，时日既久，自以为雪，而在时间中溶化了。

本来面目非常重要，只有本来面目，才能使我们做一个完整的人，做一个自在的人，以及做一个独立和成功的人。

还我本来面目的第一件事是一天花十五分钟坐下来想想：我是谁？我从哪里来？我要往哪里去？现在的生活是不是我要的？什么生活才是我要的？

然后，我们才有机会做一个有风格的人，做一个真实的人，做我自己。

一个人在繁华的时候，很难体验真淳的可贵，等到「繁华落尽见真淳」的时候往往已经来日无多，如何培养一种胸襟，在繁华之际便知道真淳的可贵，在不凡的时候，就认识能平凡生活实在是人生的幸福。

常民与常心

　　蒋公的孙子、蒋经国先生的儿子蒋孝武，不久前过世了，他同父异母的哥哥张孝严写了一篇感人的文章悼念他，其中提到蒋孝武先生内心里十分渴望做一个平常人，有平常的心，过平常的生活，可惜由于家世背景，使他连这最普通的渴望都难以实现。他过世前的最后几年，心里因此有很大的挣扎，笃信佛教，到几乎快要实现做平常人愿望的时候，竟不幸与世长存了。

　　我读到这篇文章，深深感受到作为一个平常人是多么幸福的事，而假使有一个不平常的家世背景，还能拥有平常心是多么难得的事。这使我想起明朝的冯梦龙在《警世通言》中的两句诗"踏破铁鞋无觅处，得来全不费工夫"，平常人无法珍惜平凡、平常、平淡的生活，那是由于得来全不费功夫，豪贵之家的子弟不知平常生活，故踏破铁鞋无觅处呀！

白居易有两句诗也可以表达这种意境"金谷太繁华，兰亭阙丝竹"，一个人在繁华的时候，很难体验真淳的可贵，等到"繁华落尽见真淳"的时候往往已经来日无多，如何培养一种胸襟，在繁华之际便知道真淳的可贵，在不凡的时候，就认识能平凡生活实在是人生的幸福。

最近电视上有一个泰山午后茶的广告，文案说"伟大人物也有平凡人的追求"，给我非常深刻的印象，这句话如果再加上一句就更完整："平凡人物也要有伟大的怀抱。"当然，如果以"伟大人物"做标准，所有的伟人几乎都不是"天纵英明"，而是经过长期的努力奋斗，甚至挣扎，也就是说伟大的事功其实都是平凡人所创建的，但一个有伟大事功的人是否能幸福，则在于伟大之后还有没有平常心。

"平常心"是一些炙手可热的人常挂在嘴边的东西，当我们看到一位政治人物上台下台的时候，他都会说要有平常心，而富豪在财富起落的时候，也会自况说有平常心。但是，真实的平常心是什么？

"平常心"原始禅宗的用语，最早提出平常心的是马祖道一禅师，他说："道不用修，但莫污染。何谓污染？但有生死心，造作趣向，皆是污染，若欲直会其道，平常心是道……行住坐卧，应机接物，皆是道"。

后来，临济禅师加以演绎，落实于生活说："佛法无用功处，只是平常无事，屙屎送尿，着衣吃饭，困来即卧，愚人笑我，智乃知焉。"

可见一般人所说的"平常心"，只是从字义上作解，并不能触及平常心的本质。

平常心的本质是：

平——稳定、平衡、轻松。

常——恒常、不乱、不变。

在一般人的日常生活中有很多平常心的时刻，例如吃饭、上班、散步、洗澡、睡觉，由于习以为常，反而没有另一个"心"去看，到那个"平常心"浮起的时候，往往是到了生活反常的境地，是在痛苦、失败、不安、压力、烦恼、散乱、生气的反常时刻，我们会转而看见平常心，往往这时要追求平常心就很难了。

可以如是说：一般人在平常生活中不知平常心，动荡时察觉平常心可贵之时，平常生活已经远离了。

我们可以用大家最熟悉的公案来看平常心：

一、见山是山，见水是水。

在这个层次是"平常的心，平凡的生活"，也即是五官五识的自然反应，是一种"全迷"的见地，平凡人的生活使得人没有伟大的识见，因此以执着为中心，看到山水时执着于山水，看到钱执着于钱，看到爱就执着于爱，认为那是真实不变的本体。

二、见山不是山，见水不是水。

这个层次是"不平凡的心，不平常的生活"，即是一个人打破执着的过程，执着与觉悟同时升起，这个过程多半活在半梦半醒之间，看见山水会同时知道山为土石树木所成，水也有许多变化；看到钱，同时觉悟到自己的贪欲；看到爱，同时知觉到情爱之无常，了解感官与情识所觉受的，并无真实不变的本体。

三、见山还是山，见水还是水。

这个层次的"平常身心，平常生活"，是说一个有觉悟的人，他和世界处于"不即不离，若即若离"的关系，他眼中的有钱、有爱、有山水，有一般的生活，但都像镜子一样反映出本来的面目，因此他不执着与金钱、爱情、山水、乃至于不执着于一切。这才是真实的平常心。

平常百姓的可贵，就在于平常生活理所当然，只要有觉，立刻就进入平常心地。家世、豪贵、有事功的人要追求平常心之不易，就在于必须放下身段，及一切外在的价值，能安于常民的生活，才能体会到平常心值得珍惜。

从前，有一位无相大师，有两个弟子，一个敏慧，一个朴直，他常常给弟子的教化是："修行就是宁做傻瓜。"

有一天，寺院里下了大雨，无相大师叫弟子："下大雨了，快拿东西来接雨。"

敏慧的弟子，从屋内冲到大殿，手里拿一个木桶，无相大师说："这么大的雨，拿这么小的桶，真是傻瓜！"弟子听了很不开心，把木桶一放就走了。

朴直的弟子找不到东西，随手拿一个竹篓出来接雨，无相大师看了又好气又好笑，说："真是个不折不扣的大傻瓜呀！"弟子听了非常开心，因为师父常说："修行的要义，就是宁做傻瓜"，现在对我不就是最大的赞美吗？"呀！太棒了！我是个不折不扣的大傻瓜！"这时心开意解，竟然开悟了。

我们如果不能做到宁为傻瓜，也宁可做平常人、有平常心，这种常民生活看来是卑之无甚高论，但是一切可贵的心行志业都由此而生，而且是许多不平常身世的人，追求到死都还没有得到的东西呢！

"下大雨了，快拿东西来接雨！"哈，生活就是这样呀！真好！

我们生命面对的苦恼不是我们的敌人，而是自己的延伸，
应该透过烦恼来认识自我；我们可能遍学一切法门，但
必须深入某些法门，来对应生命的决斗。

留一双眼睛看自己

日本历史上有两位伟大的剑手，一位是宫本武藏，一位是柳生又寿郎，这两位的传记都曾经在台湾出版，风靡过一阵子。柳生又寿郎是宫本的徒弟，关于他们的故事很多，我最喜欢其中的一则。

柳生又寿郎的父亲也是一名剑手，由于柳生少年荒嬉，不肯受父教专心习剑，被父亲逐出家门，柳生于是独自跑去见当时最负盛名的剑手宫本武藏，发誓要成为一名伟大的剑手。

拜见了宫本武藏，柳生热切地问道："假如我努力学习，需要多少年才能成为一流的剑手？"

武藏说："你全部的余年！"

"我不能等那么久，"柳生更急切地说，"只要你肯教我，我愿意下任何苦功去达到目的，甚至当你的仆人跟随你，那需要多久的时间？"

"那，也许需要十年。"宫本武藏说。

柳生更着急了，"呀！家父年事已高，我要他生前看见我成为一流的剑手，十年太久了，如果我加倍努力学习，需时多久？"

"嗯，那也许要三十年。"武藏缓缓地说。

柳生急得都要哭出来了，说："如果我不惜任何苦工，夜以继日地练剑，需要多久的时间？"

"嗯，那也许可能要七十年。"武藏说，"或者这辈子再没希望成为第一流剑手了。"

柳生的心里纠结着一个大的疑团，"这怎么说呀？为什么我愈努力，成为第一流剑手时间就愈长呢？"

"你的两个眼睛都盯着第一流的剑手，哪里还有眼睛看着自己呢？"武藏平和地说，"第一流的剑手的先决条件，就是永远保留一只眼睛看自己。"

柳生于是拜在宫本武藏门下，并做了师父的仆人。武藏给他的第一个教导是：不但不准谈论剑术，连剑也不准碰一下。只要努力地做饭、洗碗、铺床、打扫庭院就好了。

三年的时光就这样过去了，他仍然做这些粗贱的苦役，对自己发愿要学习的剑艺一点开始的迹象都没有，他不禁对前途感到烦恼，做事也不能专心了。

三年后的一天，宫本武藏悄悄蹑近他的背后，给他重重一击。

第二天，正当柳生忙着煮饭，武藏又出其不意地给了致命的扑击。

从此以后，无论白天晚上，柳生都随时随地预防突如其来的袭击，二十四小时中若稍有不慎，便会被打得昏倒在地。

过了几年，柳生终于深悟"留一只眼睛看自己"的真谛，可以一边生活一边预防突来的剑击，这时，宫本武藏开始教他剑术，不到十年，柳生成为全日本最精湛的剑手，也是历史上唯一与宫本武藏齐名的一流武士。

这个故事里隐含了很深刻的禅意，禅者不应把禅放在生活之外，犹如剑手不应把剑术当成特别的东西。剑手在行住坐卧都可能遇到敌人的扑击，禅者也是一样，要随时面对生活、烦恼、困顿的扑击，他们表面安住不动，心中却是活泼灵醒能有所对应，那是由于"永远保留了一只眼睛看自己"呀！

宫本武藏在日本剑道和武士道都有很崇高的地位，那是由于他不只拘限于剑术，他还是一个很杰出的画家和书法家，他有一幅绘画作品绘的是"布袋和尚观斗鸡"，以流动的泼墨画了微笑的布袋禅师看两只鸡相斗的情景，题道"无杀事，无杀者，无被杀，三者皆空"，很能表达他对剑术与人生的看法。

对于一个武士，拿刀剑是一种修行，是通向觉悟的手段，一个随时随地都可能死掉的武士，他还要在其中确立自己的人格，觉悟与修行、定力与慧见就变成多么急迫！我们不是拿剑的武士，不过，在人生的流程中，人人都是面对烦恼与不安的武士，如何以无形之剑，挥慧剑斩情丝，截断人生的烦恼，不是与武士一样的吗？

最近读了一本美国作家汉·乔伊（Joe Hyams）写的《武艺中的禅》，把武术、剑道与禅的关系做了精辟的分析，他写到几个值得深思的观点：

一是武师所遇到的对手，与其说是敌人，不如说是自己的同伴，甚至是自己的延伸，可以帮助我们更充分地认识自己。

二是虽然大部分武艺高手都花了好几年时间练几百种招数，但在决斗时，实际经常使用的招数只有四五种。他一点思考的时间都没有，只是用心去对应。

三是武师的心要经常保持流动的状态，不可停在固定招数，因为对手出击的招数是不可预测的，当心停在任何固定招数，对武师而言，接下来就是死！

对禅者也是如此，我们生命面对的苦恼不是我们的敌人，而是自己的延伸，应该透过烦恼来认识自我；我们可能遍学一切法门，但必须深入某些法门，来对应生命的决斗；我们应该"无所住而生其心"，因为生活不能如预期，无常也不可预测，如果我们的心执着停滞了，那就是死路一条。

这些训练的开端就是"留一只眼睛看自己"呀！